みんなを嫌いマン

献鹿狸太朗

講談社

みんなを嫌いマン

1

スーパービームを撃つ作業は、放尿に似ていた。力を溜《た》めて放つというよりは、元々体内に蓄積されているモノを放つのだ。赤子の手をひねるより簡単だった。彼は膀胱《ぼうこう》の蛇口をひねるようにして全《すべ》てを焼き払う光線を出すのだ。

ほとんどの人間には英雄願望がある。その規模が違うだけで、誰しも家族や会社や国を守る力を欲している。彼だって平等に初期装備の英雄願望を持つ者のひとりであったが、彼にはただ一つ、八十億人が各々抱《かか》える馬鹿《ばか》らしい夢物語を現実にするスーパーパワーがあった。蜘蛛《くも》に噛《か》まれるでもなく超人血清を投与されるでもなく、宝くじが当たるみたいな不運により授かった気の毒でおぞましい、滑稽《こっけい》な力なのだ。

彼は初めてマイクの黒山に囲まれ強いフラッシュライトを焚《た》かれた時、「みんなを守るマン」と名乗った。特別な衣装を着ているわけでもないので、主張すべき特徴がこれといって無かったのだ。みんなを守ることなどみんなを守るマンにしかできないから、なかなかうってつけの名前であった。あの時名乗らなければ当時正体を隠すため被《かぶ》っていた紙袋から勝手に無印《むじるし》良品《りょうひん》マンと呼ばれたかもしれない。

誰にとっても幸運なことに、彼の敵は人類の平和を脅かす地球外生命体であった。仮に彼が闘うべき相手が社会に潜む血の通った善や悪であった場合、彼はお星のために暴力をふるう資格を剝奪《はくだつ》されてしまっていただろう。言葉の通じない万国共通の〝敵〟が、英雄と同時に発生したのはなんとも美しくきな臭い運命を感じさせてくれた。

本日のみんなを守るマンは、やたらと節の多い三メートルほどの地球外生命体と戦っていた。スーパースピードとスーパーグリップでバオバブのような四肢（といっても四本以上あるそれ）をちぎり続ける。誰もが、なにもこんな小学校の校庭に現れることないだろうと焦ったが、地球外生命体に言葉が通じたことなど今までただの一回もないのだ。地球人同士でも話し合いで円満な結末を迎えるのは至難の業なのだから当然だ。みんなを守るマンは逃げ惑うじゃりんこ共の哭声《こくせい》に神経を焼かれながらできるだけ多くの人間が助かることを祈る。べつに死んだっていいような生意気なジャリたちのせいで眠れない夜を迎えたくはないからだ。彼は死んだっていいような人間には、もう生まれてきて欲しくなかった。その方がエコだと思っていた。邪魔な生き物には死んで欲しいのではなく、生まれてこなかったことになって欲しいと強く願う質《たち》であった。膝《ひざ》をつき手を組むような献身のまなざしで、愚かな全てが生まれてこなかった世界線を欲する聖人なのだ。

やっとこさ四肢を全部もがれたバオバブ野郎は、旗ポールに胴体を突き刺して事切れた。ゆっくり重力に従いながら、マットな銀色のポールをこの星には存在しない色の体液で染めていく。未来人の下痢便みたいな臭《にお》いが立ち込めて、カンヌ映画よろしくアーティスティックな惨状が広がった。芝生も低木も、体液に触れた箇所から彩度を失い芸術の一部になりながら死んだ。遠くの方では小学生たちが何人も嘔吐《おうと》したり鼻血を噴《ふ》いたりしている。映画やアニメだったら、ご都合主義にカットされているシーンだ。漫画のようなでたらめなスーパーパワーとは裏腹に、敵役の有害性のディテールにはいやらしいリアリティがある。スーパーボディにはこたえなくても、地球外生命体はそこにいるだけで草木を枯らし人体を破壊する程度の効果を持っているのだろう。みんなを守るマンがどんなに神経過敏に始末をしたって避けられない面倒な現実であった。それで彼は、いつも逃げるように消えていくのだ。ヒーローインタビューなんてごめんだった。話せることなど何もないし、見せる顔なんてひとつもないのだ。そして、話したいことなど何もないし、見せたい顔なんてひとつもなかった。初めはあったのかも知れないそれらは、無数の裏切りの果てに彼の奥底へと仕舞われていったのだ。彼は自分を呼び止める様々な声を背に、浮遊能力があって本当に良かったと思った。

みんなを守るマンがみんなを守っていない時間、彼の名前は上原至《うえはらいたる》であった。正体がバレたからといって動物になってしまうわけではないが、至の性格的に己がみんなを守るマンであるなどと触れまわるような真似《まね》はしたくなかった。自分ひとりがリスクだけを背負って、無償で時間や体力や頭を使い、二度と口を利《き》くこともないような有象無象を救うなんて、とてもじゃないが誇れるようなことではないと強く感じていたから当の然であった。

「至くん至くん、みんなを守るマン映画化だって、きいた？」

ただ弟の辿《たどる》にだけは、何も考えずに正体をバラしてしまっていた。歳《とし》が離れているのもあって、本当に魔が差したとき零《こぼ》すように話してしまったのだ。誓って自慢話のようには語らなかったし、ましてや同情を誘うように吐露したわけでもない。弟が暇そうにしていたから、それだけの理由で話題のひとつとして選び、そして誤っただけのことだった。

「映画化って、そのまま？　そのままと言うか、みんなを守るマンとか、キモい宇宙人とか、そのまま出てくるの？」

「わかんないけど、タイトルはみんなを守るマンだよ！」

不謹慎な。至は目の前で何人もの犠牲者を出している張本人だ。美談にするのもエンタメにするのもおかしいと思った。みんなを守るマンは新手の自然災害だ。美しいところなんてひとつもないし、面白い要素なんてあってはいけなかった。

「なんでもいいけどさ、早すぎない？　そういうのって普通、主役の死後やるもんじゃないの。俺はエイズで死んでもねえし」

「エイズって？」

「ああ、ううん。ナシナシ。今のナシ」

「至くん自分で見なよ、ネットのニュース」

「辿は見るのやめろよ、小学生はそーゆーのあんまし見ちゃダメなんだぜ。もっと健全にさ、ねことか、ボインとか、丸くて柔らかいものを見なさいよ。陰気なニュースはみんなトゲトゲしてて硬いでしょうよ」

「みんなを守るマンが人気なの、見たいから」

至だって身内に芸能人やスポーツ選手がいたらその活躍を見守っただろうし、辿の気持ちも充分に理解している。その純粋な気持ちを押してでも全然見せたくない声が世の中には溢《あふ》れていた。

「大体、真に受けてない層もまだまだいるでしょ、誰だってナマで見るまでは信じないよ、みんなを守るマンなんか」

「俺のクラスではみんな信じてるよ」

「そりゃ、隣町の小学校に現れたからな」

もしも、隣町ではなく自分たちの住む町にアレが現れていたら。至は時々考える。時々、当然考えるのだ。みんなを守るマンは民衆から、なぜか道徳的な存在だと誤解を受けている。博愛主義の下動いているはずだと、それどころかそう動くべきだと身勝手に決めつけられている。身内を優先したり、差別したりするはずがないと思われているのだ。人々を助けに行けば、決まって子どもや老人、病人や怪我人《けがにん》を優先してくれと叫ばれる。懇願《こんがん》の皮を着た非難が飛ぶのだ。みんなを守るマンがどうしたいかは知らないが、少なくとも至はそんな厚かましい集団幻想に付き合うつもりはなかった。これからもきっとボインから順に救うし、己の哲学に体を預けて動こうと決めていた。決めていたと言い切るには少し頼りない、願望に近い感情であった。流されてはいけないのだ、権利を笠《かさ》に着た加害者たちが作り出すその場の空気になんて。お仕着せの〝英雄〟に心を支配される危険性は、誰よりも深く知っていた。英雄は、はっきりと人間ではない。人権が無い。この大きな星の上で、唯一彼だけが知っている身の毛もよだつ真実であった。

2

みんなを守るマンを名乗る連中は大量に存在した。どこにでもいそうな背格好で紙袋を被っているため彼を騙《かた》るのは容易であったが、同時に全てが信憑性《しんぴょうせい》に欠けていることは明々白々であった。

山路舞由《やまじまゆ》は罰当たりな娘だ。齢《よわい》十四にして地球外生命体に命を奪われかけて、そして紙袋の君に命を救われた。と言っても、危機一髪のところをお姫様抱っこで救出されるようなことはなく、逃げ惑う群衆の一部として彼の背中を見届けたに過ぎないが、飴菓子《あめがし》の工場が腐り爆《は》ぜたような悪臭と、やっつけCGめいたスーパービームの光が舞由の脳みそにどっかり居座って離れようとはしなかった。

「舞由！　あのやつ、事件のやつ、映画化するって、見た？」

「見たよ！　どうしよう、どうなるんだろ？　本人に許可とか取ってるのかな？」

「取ってるでしょ、じゃないと今どき訴えられるよ。そもそも全部最初から映画化見越したプロモーションだったたって言われてたりもするし」

「それも見た。まじでキモい。それ言ってるの実際にみん守《まも》のこと見たことない人たちでしょ。こんなにいっぱいリアルで見た人いるのにさぁ、頭悪すぎ」

彼女の通う中学では、みんなを守るマンを企業のプロモーションだとか都市伝説だと考える人間はいない。例によってその辺りの地域で彼の活躍を見られる機会があったということだ。だから今朝から教室では映画の話題で持ち切りであった。舞由ほどではないが、舞由の友人も彼を支持する一派だったため最近は専ら〝みん守〟の話に花を咲かせていた。映画化のニュースをうけて、舞由は一晩中世間の声を漁《あさ》った。どんな監督が撮るのか、誰が彼役を演じるのか、そして舞由自身は彼のために何ができるのか。みんなを守るマン本人が映画に関《かか》わっているのならどんな駄作でも献金せねばならないのだ。献金とは、見返りを求めてはいけない信仰のあるべき姿のことだ。

「みん守役、大滝朔真《おおたきさくま》」

クラスの誰かがネット記事を読み上げる。舞由は昨夜から知っていたし主演についても随分調べ切っていた。アイドル上がりの棒読みが光る女顔の若手俳優だ。

「何でもかんでも大滝朔真だよね、演技全部一緒なのに。まあみん守って基本喋《しゃべ》らないから誰でもいいのかな」

こういう批評を零すとき、舞由はまるで物事の関係者であるかのようなスタンスなのだ。みんなを守るマンのことは一度その目で見ただけで、そこからはずっと真偽不明出処不詳のネットの知識を、それも主観で選《え》り好《ごの》みして集めているに過ぎない。それにもかかわらず彼女は自信たっぷりに彼を語った。確かにみんなを守るマンはヒーローインタビューにも応《こた》えないし、戦っている最中に技名を叫んだりもしない。声を聞いたことのある人間がそもそも少なかった。だからみんなの持つイメージは千差万別で、つまり正解もなかった。ならば今をときめくどうでもいい俳優に任せたって問題はないだろう。舞由は全て知った気でいるため、そういう大人の空気を嗅《か》ぎ取《と》って内心軽蔑《けいべつ》していた。

「でもさー、本物のみん守ってユーチューバーのマキヤって言われてるよね」

またクラスメイトの誰かが根拠の無い話題を追加する。勿論《もちろん》、そのうわさも舞由は知っていたし、なんならその説を支持している層にいた。みんなを守るマンが現れてから、みんなを守るマンを自称する者だけではなく彼について考察を広げる者や、外野からみんなを守るマンなのではないかと晒《さら》しあげられる者も後を絶たなかった。その中でも有力とされていて、そして一律の価値しか持たない一般被害者の舞由さまのお眼鏡《めがね》にかなったのがマキヤという若者であった。体のシルエットが随分似ているし、いつどこで戦うことになるか予想のできない生活に対応できるのは無職かユーチューバーくらいのものだろうという声に舞由も賛同していたのだ。

「マキヤはそれ言うのやめてくれって言ってたけどね。みん守のコメントばっかりになるの嫌だって。でも普通コメントが増えたりしたら喜ぶはずだから、余計に信憑性高いんじゃないかって考察されてる」

「そうなん？　山路詳しいな」

「いや……そんなことないけど……みん守のことリアルで見たことあるだけだし」

「ああ、そうだった！　山路言ってたねー、どうだったん？　マキヤだった？」

「みん守に会ったことあるだけでマキヤには会ったことないからわかんないよ」

そう話す舞由はあからさまに得意満面であった。平凡の少し下を歩んできた十四年の中で、彼に会ったあの日だけが特別だったことは誰の目にも明らかなのだ。記憶や思い出は日に日に薄れていくから、都合よく上塗りされて妄想じみはじめる〝思い出だったもの〟のことを嘘《うそ》と一括《ひとくく》りにするのはあまりに冷酷な行いだ。もうほとんど味のしないあの日の出来事は、舞由というこの星の端役《はやく》のハイライトなのだ。舞由の浅ましく未発達な頭は、あの時自分の命が奪われかねなかったという危難の部分については粗方《あらかた》忘れてしまっていた。なんならまた殺されそうになったっていいから、今度こそヒロインのように助け出されたいと本気で願っているのだ。

端役にも平等に訪れる暮れ方、舞由は塾の教室でテキストに挟んで端末を弄《いじ》っていた。みんなを守るマンについての胡散臭《うさんくさ》いまとめサイトや考察チャンネルから、自分のようにみんなを守るマンのファンを名乗る層の意見や戯言《たわごと》を細部にわたってチェックして回るのだ。義務のように。頼まれてもいないのに。満たそうとしているのだ。いつか何かを入れるために空けておいてもいいはずの、中学生の隙間《すきま》を。

五日連続で地球外生命体が現れることもあれば、丸一週間無風で平穏が過ぎてゆくこともある。今週は三日間襲来が続いていた。都心が襲われやすいことも、日本だけが被害にあっていることも様々な憶測を呼んでいるがどれも凡百《ぼんぴゃく》の人間が思いつきそうな根無《ねな》し言《ごと》である。舞由のような中学生が信じ込んでしまうのは無理もないが、問題なのは中学生よりも頭の悪い大人が大勢真面目《まじめ》に論じ始めている点だ。

〈横浜《よこはま》にてみんなを守るマン出没　北九州《きたきゅうしゅう》の新成人みたいな怪物あらわる〉

画像と共に流れてきたニュースに舞由は目を輝かせる。空中に浮かぶ千羽鶴《せんばづる》のような物体が地球外生命体で、手前に映っている紙袋の男が愛《いと》しのみんなを守るマンだ。鮮やかなブルーのファイヤーバードから覗《のぞ》くくるぶしが、彼の中身が人間であることを匂《にお》わせている。舞由はアイドルの画像を保存するファンと同じような感情でそれを〝みん守フォルダ〟に追加するのだ。自我同一性を主張したいがための、お遊びの信仰だった。

横浜であれば、今すぐ塾を抜け出して電車に乗れば彼を見に行けるかもしれない。舞由はネットの目撃情報から現地までの時間を計算し始めた。いくら都心ばかり襲撃されているとはいえ、彼に会えるチャンスなど限られているはずだ。みんなを守るマンに何度も会っている人間などそういるだろうか？　彼に会うことは本来不幸なことなのだ。彼がいる場所には必ず地球人を殺そうとしている恐ろしい生き物がいるのだから考えなくとも分かることだ。しかし舞由は、その希少性に価値を感じている。

（塾を抜け出して横浜まで行って、もし会えたら？　もし会えて、もし彼と会話できたら？　前にも一度助けられたことを伝えたら、みん守は私を覚えてくれていたりしない？　あの時はたくさん人がいたけど、なにかの奇跡で私が目に留まっていたとか、それかそれか、みん守は普通の人間より記憶力があるとかそういう説もあるから、覚えてくれてたりとか。それでもし色々話せたら、塾だったけどあなたに会うためにわざわざ抜け出してきたんですって伝えて、そしたらきっと驚かれるだろうな。絶対そこまでする人なんていないし、本気度も伝わるだろうな。っていうか、そこまでしたらちょっとやばい子だって思われるかもな。やばい子だって思って欲しいな、私のこと）

　なんともいじましく下衆《げす》な妄想は、授業終了の号令とともに幕を下ろした。舞由は結局塾を抜け出すことなんてしなかったし、かといって目の前のテキストを真面目に解いたわけでもない。できもしないことを誇らしく夢想しながらタイムラインを追って身にならない九十分を消費していた。じつは、この九十分が山路舞由の人生の全てを表していることを、舞由自身はいつまでも気づかないのだ。

「舞由ちゃん、ごめんねちょっと迎え遅くなって」

「ん、大丈夫。パート長引いた？」

「ううん。なんかねー、交通整理？　規制？　やってて。ほらまたあの、宇宙人が出たとかで危ないからって。渋滞になってたの、嫌だよねー。お母さんもう田舎《いなか》に引っ越したいって結構真剣に考えちゃってるよー」

「やめてよ。田舎なんか無理だから」

助手席で母親の相手をしながら、舞由はまだみんなを守るマンの情報を追ってい
る。彼の動向を追う者たちにもいくつかジャンルがあって、陰謀論だとか都市伝説だとかを並べながらあれこれ議論しあう界隈《かいわい》の他《ほか》に、彼をひとつの芸術として捉《とら》えており、必死に一眼レフを向ける人々もいた。非現実的な彼と地球外生命体は、アマチュアの腕でもそれなりに写るようで簡単に面白い写真が撮れた。それを、舞由のように憧《あこが》れに近い感情を向けている層はありがたがるのだ。

〈この画像やばい　映画のキービジュにした方がいい〉

一枚の写真が舞由の目に留まる。先程ニュース記事で見たのと同じ服装のみんなを守るマンが、けばけばしく真っピンクな夕焼けを背負って一人の女性を抱き抱えている。肩に手を回し、膝の裏から足を抱え込むお手本のようなお姫様抱っこだ。それらは逆光のなかで空のグラデーションに貼《は》っつけられたマスキングテープみたいに、くっきりと英雄のシルエットを浮かび上がらせていた。第一義的には戦場や被災地で撮られる写真と同じ分類のはずだが、この写真を出来事の記録用と言い張るにはあまりに俗っぽいエンタメ性があった。これは間違いなくカメコの切ったシャッターで、歴史のためのレコードではなく、ファンのためのアートだ。こうして彼の闘いが美化されていく度、地球外生命体の危険性や、被害者がいることや、彼自身が日常を犠牲にしていることなんて、群衆のやくざな脳からはいとも簡単に抜け落ちてしまうのだ。

例に漏れず舞由だって群衆の一部として、彼の行動ではなく彼の存在にばかり頭を

垂れた。当の本人は彼を知る度好きになるような錯覚に陥《おちい》っているが、その都度立ち上るのは酷《ひど》いナルシシズムの香りであった。

もし塾を抜け出していれば、あそこに写っていたのは私だったかもしれないのに――。

もしなんてものはこの世にないからもしなのだ。

「お母さん、みん守がお姫様抱っこしてる」

「みん守って舞由ちゃんの好きな？　危なかったのかなあ、怪我人とかいないといいねえ」

「ねえやばい、お姫様抱っこされてるよこの子、女の人だよ、エグい。これ紙袋透けて顔とか見えなかったのかなー？　お母さんお姫様抱っこされたことある？」

「えぇー？　ないよー、だめだよされたいなんて言っちゃ。火事とかと一緒なんだからね。火事で救助されてみたいって言ってるのと同じだよ」

舞由は火事でもなんでも、みんなを守るマンに救出されるのなら少しくらい危険な目にあってもいいと思った。火傷《やけど》のひとつもしたことがないからそんなふうに考えてしまうのだ。舞由のような小娘がいざ火傷をするときは死ぬときだ。

英雄の神々しくドラマチックでできすぎた一枚は大勢に見られていて、その反応まで舞由はいちいち読み込んだ。リプライのひとつに、他のポストを引用しているものがありどうでもいいコメントより注目を集めていた。どうやら、写真に写っている被害者女性、つまりお姫様抱っこをされている張本人のアカウントが紐付《ひもづ》けされているらしい。舞由は吸い込まれるようにそのアカウント元へと飛んだ。

「りい守《まも》……」

りい守というアカウント名から、みんなを守るマンのファンであることが見て取れた。名前だけではなく、アイコンやプロフィールまで全てに彼のファンであることが記されている。記憶を辿《たど》れば、舞由もちらほら見かけたことのある人物のような気もした。一番最新の投稿には、今日撮られた例の一枚を加工したものがあげられていた。光度が調整されており、逆光で見えなかった顔がはっきり現れ、目元以外はご丁寧に暈《ぼか》しが入っている。さらに、切迫した空気も現地の恐ろしさもかき消す淡いフィルターがかかって安っぽさを演出していた。彼女も、舞由に負けず劣《おと》らず罰当たりな女だ。これが現代の倫理観であった。きっとあのごちゃごちゃしたエイリアンに臓腑《ぞうふ》を掻《か》き出《だ》されても大腸を青みピンクに調整して大便の方にはきちんとモザイクをかけてから死んだに違いない。礼儀作法を習わなかった代わりに、自然発生の禍々《まがまが》しいマナーを学習したインターネット産の野生児なのだ。

舞由と同レベルの倫理観の部分に舞由が気を悪くすることはないが、彼女はりい守のもっと他の部分に苛立《いらだ》ちを覚えた。粘着質にりい守のタイムラインを遡《さかのぼ》れば、関東圏で都合がつけば度々みんなを守るマンの出没した地へ足を運んでいるらしく、メディア欄では本当に何度も現場へ出向いている彼女の姿が散見された。りい守が言うには彼との出会いは去年の夏。舞由が実際にみんなを守るマンを目撃したあの日より後だ。半分隠された顔だけでは分からないが、これだけ熱心に彼を追っている生活を少し覗けば経済力から自分よりずっと大人であるのではないかと推測できた。――ずるい。私だって、働いていてもっと自由にお金や時間を使えたら、誰より彼を愛しているのに。そう考える舞由の稚拙な怒りは道理に外れていた。誰より彼を愛しているのなら年齢や境遇など微塵《みじん》も関係ないのだ。誰より彼を愛しているつもりだが塾より優先できるほどではないし、誰より彼を愛しているつもりだが彼だけのために交通費を稼ごうと思えるほどではないだけであった。舞由が欲しかったのはみんなを守るマンからの認知で、さらに言えばみんなを守るマンから認知されている女の子という肩書きだった。りい守だって同じものを欲しての行動だったのかもしれないし、りい守は純粋に彼に会いたかっただけかもしれないが、なんにせよ舞由は自身の欲望を、りい守に奪われたように感じていた。舞由は未成年でなければ許されない愛の大嘘つきだ。証拠など引っ張り出してこなくたって舞由の生活全てが物語っているが、敢《あ》えてひとつ意地悪く証拠を出すとするのなら、りい守だって未成年であった。舞由は彼女が制服姿で写っている画像を見つけて、また次の言い訳を探すのだ。行動しなかった者が行動した者をやっかんでいい道理などどこにもなかった。

「信じられない。お母さん、この人さ、わざわざ危ないところに自分から行ってるんだよ」

「ヤジウマみたいな人がいるんだね。迷惑だねー。ヤジウマを助けるためにいるんじゃないのにねー。自衛隊の人とかも、そういうこと思ったりするのかな」

「私はさ、偶然だもんね」

「去年の？　そりゃそうでしょ！　舞由ちゃんはヤジウマなんてする子じゃないよ。怖かったよねえ」

「うん、そうなんだよ。みん守のこと大好きだけど、みん守に迷惑かけたくないから偶然以外で会おうとなんかしないし。みん守のこと見に行こうとするのってホントのファンじゃないよね」

内に抱える不埒《ふらち》な嫉妬《しっと》とは裏腹に、舞由は真っ当で体《てい》のいい逃げ道を見つけたようだった。確かにみんなを守るマンの立場になって考えてみれば舞由が今言ったことは何も間違っていない。これで本当に考えを改めていたのなら舞由に正当性があったかもしれないが、りい守の行動はファンじゃないと口走った今、無条件で現地に行ける機会が与えられてもノーと言う姿勢を貫《つらぬ》き通《とお》せないのなら舞由の正論は単なる負け惜しみへと変わってしまう。結論に至るまでの道程がひたすら邪《よこしま》であっただけになってしまうのだ。

〈被害者がいるのに自分が会いたいからって現地行くとか非常識ですね〉

舞由が送った匿名のメッセージは、正論の皮を着てこそいるが骨の下には目も当てられない妬《ねた》み嫉《そね》みが敷き詰められた逃げ口上と怨嗟《えんさ》であった。葡萄《ぶどう》が本当に酸っぱかろうが葡萄に届かなかったキツネの腹を満たすことは永遠にないのだ。

3

「また助けてくれてありがとうございます……！」

腕の中で、高校生くらいの若い女が囁《ささや》いた。また、とは、一体どういうことだろうか。みんなを守るマンはカマトトぶってなんの反応も示さなかったが、この女が何度も現場に現れていることくらい覚えていた。それどころか、彼の弟だって彼女のことを知っているのだ。辿は見境なくみんなを守るマンを取り巻く人々の意見を見ているから、一際目立って熱狂的に発信している女など見つけていないはずもなかった。声をかけられた瞬間、辿もよく話しているりい守という女だと思い出したみんなを守るマンは、紙袋越しに彼女の充血した結膜を見た。それだけではない。ブツブツと浮かび上がる鳥肌も、音もなく鼻下に線を引く鼻血も、スーパーアイのお陰《かげ》でありありと見えるのだ。地球外生命体は人体に有害だ。何度も現場に足を運ぶことはおすすめしない。しかし、みんなを守るマンにはその注意ができなかった。胸に飛び込んできたのはリスクを顧みず自分に会いに来ている罰当たりで軽忽《けいこつ》な子羊だ。彼は例外処理の入っていない子羊相手に語りかける勇気を持ち合わせていない。彼女は自分を助けるためにいる英雄さまが、まさかお小言を垂れてくるだなんて思っていないから、注意されたことでどうなってしまうか分からない。みんなを守るマンは子羊がおかしくなってしまうことをいつも病的に恐れていた。そして、どんなに最低な好意でも無下にできなかった。彼は英雄なのだ。なりたくなくても、仕方がない。反吐《へど》が出るような愛でも、愛以外の全てよりは大切に思えてしまうのだ。本当は愛でなくても、すぐに目移りしてしまうようなものでも、誰かにとっては厭《いと》わしくてたまらないものでも、英雄には愛が足りなすぎるから、吐《は》き気《け》を催すそれのことも愛だとカウントしたかった。英雄がやっているのは奴隷以下の労働だ。元気に働くための最低限の生活すら保障されないで、逃げることも許されない。スーパーパワーを授かったのが至でなければ目敏《めざと》くビジネスに繋《つな》げられていたかもしれないが、家庭教師のバイトと掛け持ちでやるくらいの気概がなければ英雄行為などできないのだ。やめることができない仕事などあるだろうか。みんなを守るマンには耐えられても、至には耐えられない夜がある。どんなに重役でも、どんなにかけがえのない才能や技術を持っていても、精神に異常をきたすほど参っていればやめることができた。なぜなら、やめたって地球外生命体に地球人を滅ぼされたりはしないからだ。劣化版にはなるだろうが全ての人間には必ず代わりがいたし、誰もやめることを止める権利がないから至極当然であった。多くの働く人民は自分がやめたら誰かが困るだなんてえらく不遜《ふそん》で幸福な勘違いをしているが、人間誰しも主人公で一人一人が尊ぶべき存在だなんていうのはとんでもない眉唾《まゆつば》であった。どいつもこいつも顔のないかわいいモブだ。主人公はこの世にたった一人だけ、上原至しかいない。全人類の奴隷以下の奴隷である彼しかいないのだ。そんな逃れようのない事実を噛み締める度、至を人間として構成するためのメッキが剝《は》がれていくような気がした。実際、自分を人間扱いしてくれるような人間がほとんどいないことなんて薄々勘づいている。逃げ遅れた妊婦を庇《かば》って土手っ腹に一発食らった時、みんなを守るマンから噴き出す血煙を見た妊婦は、半狂乱で避けようとして横転した。地球外生命体の攻撃を避けようとしたのではない。みんなを守るマンの血を避けようとしたのだ。無償の救済をばら蒔《ま》く空飛ぶ英雄さまなんて、さぞかし不気味だったのだろう。彼は申し訳ない気持ちでいっぱいだった。そして、立っているのが精一杯の背中には、オーディエンスから罵倒《ばとう》が届くのだ。はやくそのはらわたを仕舞えよ。子どもの教育に悪いじゃないか。私はグロテスクなものが苦手なんですよ。無配慮だとは思いませんか。毎回同じような泥仕合じゃないか。そんなんじゃ飽きられちまうよ。

感謝の声も、声援も、スーパーイヤーで拾うにはノイズが多すぎる。アスファルトにできたウソみたいな血溜まりの上で彼は、段々と自分が英雄である自信も失っていくのだ。

どんな素晴らしい日も、最低の日も、同じように考えたくもないことばかり考える。えらく近い空に頭をぶつけそうになりながら、遠のいてプリント基板みたいになっていく街を見下ろした。毎朝目が覚める度絶望しながら想像する。スーパーパワーが全部なくなった自分を。みんなを守るマンがいなくなった世界を。そこにはもう敵なんてやってこなくて、平和な日常が戻ってくるのだ。あるいは、他の誰かがスーパーパワーを継承して、自分はひっそり被害者の立場にまわるのもいいかもしれない。もしくは、スーパーパワーだけがなくなって地球外生命体に滅ぼされるのだ。彼の妄想はいつも切なくて、とっても素敵なものだった。

巻雲《けんうん》の一部となってオバケみたいに浮かんでいるうちに、背中に受けた一文字の裂傷がきれいに塞《ふさ》がった。スーパーボディは決して死なない。傷跡ひとつ残さないのが求められている英雄の姿だからだろうか。奇妙な攻撃を受けた腹部が、レンジで温めたマシュマロみたいに膨張し裂けたあの時、至は自分のはらわたを掻き集めながら、失われた内臓がひとりでに再生されていくのを感じて青ざめた。自分はもう人間ではないことなんてずっと知っていたし自嘲《じちょう》の姿勢でペシミストを気取っていたはずだが、喜怒哀楽のどれでもない、強《し》いて言えば驚きに近い諦観《ていかん》が根を張った。スーパーボディのメリットは死ぬ恐れがないことで、デメリットは死ぬ逃げ道がないことなのだ。お釈迦《しゃか》も目を逸《そ》らしながら諸行無常に蓋《ふた》をした。

「至くん、おかえり！　今日もさ、話題になってるよ！　女の人助けたとこがすごいかっこいい感じで写ってて！　まあ、ちょっとだけ燃やそうとしてる人もいるけど……あっ、て言っても現場に行っちゃいけないとか、至くんが叩《たた》かれてるわけじゃないよ！　いつものことだね」

「あの人さあ、結構よく見るんだよ、汕も知ってると思うけど……心配だよ、ビョーキになっちゃうよ」

「りい守さんだよね。そうなの？　敵が出す光線とか浴びなきゃ平気なんじゃないの？」

「それ、誰が言ってたの」

「みんなを守るマン都市伝説チャンネルだったかな。ガチ考察ＴＶだったかも」

「そんなもんよりさ、兄貴の証言を信じなさいよ」

それもそうだねと汕は笑った。至は後から壊れた自覚があるが、汕の方は元から少しおかしい子どもだ。

「過剰に危ないって言ってる人たちもいるけどね。宇宙人が一回でも出現した地域には住めないって。前にさ、海にも出たでしょ？　あそこのお魚はもうダメだとか、そういう人もいるよ」

「まあ、大丈夫だと思うけど、食いたくない気持ちもわかるよ。慎重すぎる人と、軽率すぎる人しかいないから、わかるよ。俺はどっちかって言うと、食べちゃう方だと思うけど」

日常が英雄行為に侵食されている彼は、今日受けた痛みのことも忘れて腹を鳴らした。奴隷以下奴隷なので人々を何人救ったって腹は膨《ふく》れないが、実家暮らし奴隷ではあったため人間のような生活を送ることができていた。時刻は二十一時、母親の作り置きがある。

「ママは？」

「木曜だから、読書クラブだよ」

彼の母はおおらかな人ではあるが、繊細な面もあるのでスーパーパワーのことはとてもじゃないが打ち明ける気にならなかった。弟とは違ってきっと理解できないだろうし、理解したとしてそんなことはやめて欲しいと願うだろう。それが健全な親のあるべき姿だった。地球に同居しているだけの無数の他人より息子の方が大切なのは火を見るより明らかだ。至はきっと、泣いて止められたって母の声より宿命を優先してしまう親不孝者だから、何があっても自分が奴隷以下の奴隷として生きる道を選んだことなどゲロするわけにはいかないのだ。間違ってもはらわたを晒しながら市民に罵倒されることがあるなんて、知られるわけにはいかなかった。

「最近読書クラブ遅くね。主婦たちの集まりでしょ？　みんな明日平日なのに、大学生みてえに元気だね」

「まぁ、その分俺も夜更かしできるしね。今日はこの後マキヤの配信があるよ！　みんなを守るマンについて話しますってさ！　これまでほとんど触れてこなかったのに、なんだろうね」

マキヤと言えば、みんなを守るマンの正体は誰かという議題があれば必ず、そして最も多く挙がる名前だ。普段はごく一般的な商品レビュー動画やチャレンジ動画、ハウツー系動画などありきたりな活動しかしていないが、どのあたりが疑われている点なのか気になって至も時たま視聴することがあった。至と同じような思考回路の視聴者も多いようで、マキヤがみんなを守るマンだと疑われ始めてから彼の動画の視聴回数は目に見えて増えていった。動画そのものは変わっていないはずなのに、みんなあるはずもないみんなを守るマンの影を追ったのだ。

汕がリビングのテレビでマキヤの生配信を流し始める。どこにでもいそうな大学生という点では至と変わらないが、どこにでもいそうな大学生などどこにでもいるのだから、彼が特別疑われる筋合いはない。彼はこれまで紹介してきた書物やゲームなどがディスプレイされたラックを背に、普段より幾分かシリアスな面持ちで挨拶《あいさつ》をした。

「すみません、緊急で生配信始めてしまって。緊急なのにこんなに来てくれるもんなんですね、ありがたい……」

汕は手元の端末でコメントを見ながら聴いている。身内にスーパーパワーを持つヒーローがいれば誰だってこうなるのかもしれないが、〝みんなを守るマン〟は汕の生活のほとんどを占めているように見えた。至が知る限り汕に他の趣味はない。あまりみんなを守るマンの話をしないよう心がけてみても最終的にはその話題へと変えられてしまうし、友達と遊んだというより、友達とみんなを守るマンについて話したという話しか聞かないのだ。弟が誇らしく思ってくれているのなら嬉《うれ》しくないこともないが、至は複雑だった。地球外生命体によって人体や建物に実害が出ていることや、辿や辿の友人にも被害が及ぶ可能性があることを忘れてエンタメとして楽しむのは不謹慎であることについて思《おも》い遣《や》りのお説教をしたいわけではなく、ただ単にここまで応援してくれている弟にいつか飽きられてしまう日が来たらどうしようという身勝手な自分の心配だ。弟にさえそう思ってしまうのだから、当然至はこの疑懼《ぎく》を全人類に抱いていた。いつだって自分にはみんなしかいないのに、みんなには自分以外がいるという強迫観念が旋毛《つむじ》に照準を合わせて圧をかけた。おかしな話だ。至にしか守れない世界があるのに、至だけを守ろうとする世界はどこにもないのだ。今はひとまず感謝されているこの英雄行為だって、いつありがたみが薄れてしまうか分からない。スイッチ一つで電気がつくことに毎回頭を下げる人間などもうどこを探してもいないのだ。至は自分がいつ誰にも感謝されないインフラの一部になってしまうのかと怯《おび》えながら闘っていた。感謝の言葉が欲しいわけではない。無意味にも思える自分のスーパーパワーを、ずっと忘れないで欲しいのだ。無理な話だと分かった上で、無謀な期待を捨てられないから何もされていないのに人生が嫌いになった。

面白みの欠片《かけら》もない冒頭のトークが一通り終わったかと思うと、マキヤはようやく本題に入った。

「で、もう結論から言っちゃうとですね、ずっと噂《うわさ》になってる話、某みんなを守るマンなんですけど、まあ、あれ自体信じてる人信じてない人いますけど、それは一旦《いったん》置いといて。一部でね、誰が言い始めたのか知らないんすけどみんなを守るマンが俺なんじゃないか、マキヤなんじゃないかって言われてるんですよ」

マキヤの口からみんなを守るマンが出るのは恐らく初めてのことで、つまらないトークで勢いを殺されていたコメント欄も一気に加速した。ボーッと観《み》ていた至も自分の名を呼ばれてハッと液晶の彼を見据える。本物はここですよと画面に向かって手を振った。一方でマキヤの声色はどこか興奮気味に語気を強める。

「あれねー、やめてくださいって俺遠回しに言ってきたんですけど全然やめてもらえなくて。ほんと毎日ＤＭとか止《や》まなくて。よくこんな好き勝手言えるなと。中学生なのかいい歳した大人なのか知らないけど、ほんとに。今ここでハッキリ言いますね。もうみんなを守るマンのことでＤＭだのコメントだのしてくんな、マジで。お願いします」

あくまで大人の発言を装いながら、彼はどうしようもないくらい稚拙な怒りをネットに向けてひん剝《む》いて見せた。カメラ越しに体温が伝わってくるほど青ざめながら汗ばんでいる。

「えー、嫌だったんだ。再生数とか伸びるから、てっきり喜んでるかと思ってたけど」

辿が画面に話しかけるように呟《つぶや》いた。彼の怒りようを見てしまうと申し訳なくも思うが、至だってこの反応は予想していなかった。仮にもＳＮＳ上でお商売をしている人間なら、世間の注目を集められている今の状況をチャンスだと捉えると思っていたからだ。申し訳なく感じるのも何か違う気がするが、あんまり滑稽な怒り方をしているものだから至の中には他人行儀な罪悪感が芽生《めば》えつつあった。

「いや……あー、わかった。言いますね、今言います。俺は、みんなを守るマンじゃないです。はい！　言いましたからね、これからもう二度と訊《き》かないでくださいよ！　私マキヤは、みんなを守るマンとはなんにも関係ございません！」

開き直ったように彼は大声で宣言した。そんなこと言われなくたって至は分かっているのだから不思議な気分だ。コメントはすっかり台風のドブ川みたいに荒れ狂っていて、噂を流し始めたのは誰だという犯人探しや、そもそもみんなを守るマンなんて政府の陰謀だなんだという今じゃド定番の論争や、マキヤ自体をよく思っていなかった層からのなんでもいいから叩きたいという心任せの悪口雑言、さらにはそれらの層と戦うマキヤのファンがごった返した。どこまでがマキヤの計算だろうか。

「ついに今日、みんなを守るマンについてのDMが百件を超えたんですよ。累計じゃなくて今日一日の話ね。読みましょうか？　証拠を出せって言ってくる系とか、取材させろって言ってくる系とかはまだしも、みんなを守るマンに対しての文句まで俺に来るんですよ。こっちも病みますよ、こんなの毎日毎日見てたら。今日なんか、俺は知らないすけど女子高生を助けたって話題になってて、それにすら文句が鬼のように来るんですよ、女子高生ベタベタ触んなとか、助ける人間を差別してるとか。みんなを守るマンがそうなのかは知らないけどそれを俺に言ってくるのって、正直ヤバいっすよ」

マキヤが言葉を選ぶ度、視線がカメラから頼りなさげにずれていった。彼を揶揄《からか》う声も、批判する声も擁護《ようご》する声も、全部的を外れて虚空を飛《と》び交《か》った。猫も杓子《しゃくし》もカブト虫用ゼリーサイズの脳みそをプルプルプルプル震わせて、脊髄《せきずい》でただ知ってる言葉を並べるものだからやかましくてしょうがない。マキヤの吐露した鬱憤《うっぷん》を真摯《しんし》に受け取ったのは、他の誰でもないみんなを守るマンご本人さまだけだった。

そりゃそうだよな。至は画面越しに、スーパーアイで可哀想《かわいそう》なインフルエンサーを見た。自分とは似ても似つかない平凡な男だ。彼が言う通り、正直ヤバいのだ。老若男女、正直ヤバいことをみんなを守るマンだって知っていた。若い女は抱き抱えたのに自分のことは負ぶって助けるのかと、背中で嫌味を言えるような人間がごまんといる。そのまま天高く飛び上がったところで落っことされるかもしれないのに大した度胸だ。マキヤはみんなを守るマンの存在によって迷惑しているかもしれないが、至はマキヤが代弁してくれた愚痴《ぐち》を嬉しく思った。

「こんなの、至くんのせいじゃないよね。だってもっと早く否定できたはずだしさ、例えばみんなを守るマンが戦ってる時間帯に生配信するとかさ、証明する方法いっぱいあったのに、今言うなんてさー、おかしいよ」

辿の言うことは正しかった。今どきの小学生は馬鹿な大人よりよっぽど達観している。マキヤは今更被害者ヅラしてのこのこ現れたのだ。デマを流したり信じたりするのはやめてくださいと言って終わるはずもなかった。

「それでですね……ぶっちゃけ、病院とかも通ってて、ほんとに限界なんですよ、心も体も。裁判とかも考えてるんですけど、あんまりなやつは開示請求とかしてね」

それはスーパーボディじゃできない脅しだ。心はどうだか知らないが、至の体は限界になんてなってくれないし医師に見せることもできない。病院や裁判といった分かりやすい脅迫を仄《ほの》めかされたリスナーたちは焦って言い訳や見え透いた同情の言葉を書き込み始める。マキヤの目論《もくろ》み通りペラペラの風見鶏《かざみどり》たちは群れで頭と尾っぽを入れ替えるのだ。

「一回、みんなを守るマンじゃないって証明するために、みんなを守るマンに動画に出て欲しいんですよ。今も観てくれてますよね絶対、日本中どこに敵が現れても分かるんだから、困ってる人がいたら見えるって事ですよね」

至はもう何度目かも分からない裏切りにあった。それもついさっきまで同じ気持ちを共有できる唯一の存在かもしれないと思っていた人間にだ。

「えっ、至くん、呼ばれてるよ！　生配信に出すつもりなんだ、えっ、ひどいね、聞いてた？」

「大丈夫行かねえよ」

スーパーワープは地球外生命体に命を脅かされている人を助けに行くためにあって、安い挑発に乗るためにあるわけではない。みんなを守るマンがみんなを守るマンとして闘えているのは、誰にも縋《すが》らない強さがあるからだ。今までどんなに心細くなっても頑《かたく》なに耐え忍んできたのは、一番最初に耐えた自分を台無しにしないためだ。まともな頭では抱えきれない不安を、まともを切り捨ててでも独《ひと》りで乗り越える道を選んだのだ。他人を疑っているから頼れないというより、自分を信じているから自分だけを頼った。この孤独が誰にも理解されないことなどスーパーブレインにはお見通しだ。たった一度耐えることを選んでしまったばっかりに、たった一度耐えた自分のためだけに未来永劫《えいごう》耐え抜くしかなくなった。中途半端《ちゅうとはんぱ》なところで折れてしまえば、これまで幾度となく食いしばってきた数多《あまた》の自分たち全員を裏切ることとなるのだ。マキヤは根本に承認欲求があるから、褒めて欲しい時も慰めて欲しい時も全部人通りのある場所で撒き散らした。それはマキヤに限った話ではなく、多くの人間がそうしていた。今の時代、何時《いつ》でも人通りのある場所までは一歩で行けるからだ。みんな心血注いだ作品に唾《つば》を吐かれるリスクを背負って賞賛を待って、傷口に塩を塗られるリスクを背負って慰めを待つのだ。自画自賛と自己憐憫《れんびん》でひしめく世の中はお互いがお互いに食傷気味であった。自愛が美徳とハリボテの自信を見せつけられても、自虐こそ美徳と上っ面の謙遜《けんそん》を突き付けられても、英雄が大事に隠し持った危険な孤独の美しさには遠く及ばなかった。彼が強いのは、彼を支える核の部分が他の誰でもない彼自身だからだ。英雄さまはトートロジーに身を捧《ささ》げて、誰にも頼ることなくウロボロスみたいに自分の尻尾《しっぽ》を飲み込むのだ。身代わり人形の身代わり人形なんてものは存在しなかった。

マキヤの思惑通り配信は大いに盛り上がりを見せていた。烏合《うごう》の衆がピーチクパーチク、みんなを守るマンが現れるのを今か今かと待っている。濁流のようなコメントは、薄汚く濁《にご》りながらも勢いを増し続けた。

〈みん守きたら絶対ニュースになる！〉

〈来るわけない　そもそもいないし〉

〈みん守来てお願い　空気読んで〉

〈誰が信じてんの？〉

〈マキヤは何様なん〉

〈みん守見てるー？〉

〈みんなを守るマンは政府の陰謀です　犯罪を助長するのはやめてください　みんなでマキヤを通報して下さい〉

〈おもんないよマキヤもみん守もコメ欄も〉

〈マキヤこういう事するタイプだったんだ〉

〈俺みん守だけど今日デートだから行けないすまん〉

〈来たらさすがにチャンネル登録する〉

〈普通に放送事故〉

〈これいつまで待つん？〉

英雄はまじろぎもせず、液晶を目の前にぎゅっと拳《こぶし》を握りしめていた。辿が気まずい顔で端末と兄を交互に見て、かけるべき言葉を探している。

「……これ、俺が行かなかったら行かなかったでこいつは、自分がみんなを守るマンじゃないことを証明できなかったって言えるんだな」

「えっ？　ああ、そういうこと？　マキヤはそんなこと考えてるのかな？　そうだとしてもさー、こんなことする人が本物だって誰も信じないよ！」

「まぁそれはそうだと思うけど……でもものすげー馬鹿もいるから。ものすげー馬鹿の方が声がでけえから」

「……えー……至くん、行かないよね？」

行かねえよ、そう笑いながら至はテレビの電源を落とした。マキヤはこの日まで自分の出方を考え尽くして温めてきたのだろうが、そのピークは今日でおしまいだ。今日集まった烏合の衆はみんなを守るマンという餌《えさ》なしにマキヤそのものを評価する気はないのだ。黙《だん》まりを決め込んでいた間は様々な憶測が飛び交ってマキヤを中心に盛り上がっていた層も、本人が口火を切ってしまったせいで大いに盛り下がってしまうこととなる。数時間の配信で割れた底の浅さは、マキヤが地球を救えるヒーローでないことの動かぬ証拠となったのだ。

「でも、ワープをそんな使い方するって考えたこともなかったね。いっつも闘いに行く時と帰ってくる時しか使わなかったでしょ？　大学遅刻しそうな時とかさ、バイト遅刻しそうな時とかも使えるね」

辿が励《はげ》ますように言った。至が英雄行為以外にスーパーパワーを使わないのは、職人が仕事以外で道具を別のことに使ったりしないのと似たようなことだ。自分のために使うのは罰当たりな気がして畏《おそ》れ多かった。罰当たりな気がすることを嫌うのは、己のスーパーパワーをどこか神聖なものとして欽仰《きんぎょう》しているからだ。

「スーパーワープですっ飛んでってよ、スーパービームで真っ二つにしたら歴史に残る配信になったのになあ」

みんなを守るマンが言ったような気がしたが、上原至の言葉であるような気もした。負け惜しみのようにも見えて、禅問答のようでもあった。ひと握りのプライドだけが、今ここに彼を立ち止まらせていたのだ。

4

予想できたことではあるが、翌日の小学校はマキヤの生配信の話で持ち切りだった。男子も女子も関係なくヒーローの存在に首《くび》っ丈《たけ》になっている。昨晩はなぜマキヤのもとに現れなかったのか、みんなを守るマンはあの配信を観ていたのか、もしそうだとしたらマキヤのことをどう思っているのか。お子さま方が手に入れられる真実の数はいつもゼロだが、知りたいことはいつだって堆《うずたか》く積みあげられていった。無限にも思える全ての謎《なぞ》や疑問も、大人になったら灰燼《かいじん》に帰すスコールみたいな祝福なのだ。

「やっぱさみん守はさ、宇宙人なんだよ。宇宙人を呼び寄せてるのもみん守で、ユーチューブとかは見れないんだよ」

遠視レンズで大きくなった目を更に見開いて、クラス長の耀天《てるたか》が言った。

「みん守が宇宙人なら、なんで宇宙人を倒すの？」

耀天の席までわざわざ椅子《いす》を引いてきた辿が、顔を覗き込んで訊《たず》ねた。

「宇宙人同士の争いだよ。じつはみんなを守るマンの方が悪い宇宙人かもしれないんだ」

「耀くんが考えたの？」

そう訊かれた彼は返答に窮した様子でデカい目を泳がせた。気づけば、クラスの全員が彼の言葉を待っている。

「お母さんが言ってたんだ。うちのお母さん毎週読書クラブに行ってて、そこで最近はそういう話ばっかりしてるって」

「私のママも読書クラブ行ってるよ！　私にもみんなを守るマンには気をつけた方がいいって」

婦人会の読書クラブにはこのクラスの四割程度の母親が参加しており、かのみんなを守るマンの母だってそこには足繁《あししげ》く通っていた。みんなを守るマンの母親は偶然にも辿の母親と同一人物であったが、辿は母からみんなを守るマンについて注意を受けたことはまだなかった。決断の遅い人だから、他の家より周回遅れで指導が入ってくる可能性はある。

「へえ、大人が夜集まってみん守の話してるんだ、俺たちと変わんないね」

そう言われるとなんとも滑稽で、小学生たちはくすくすと笑い始めた。次第に笑い声はボリュームを上げて、読書クラブで真剣にみんなを守るマンについて話し合っている母親たちを想像し、揶揄って母親の口調を真似したり、言ってもないことを言い出したり、あっという間にみんなとっちらかっておふざけの時間が始まった。子どもの集中力はテレビゲームでもしていない限りこんなものであった。ただ一人教室の真ん中の席で、耀天だけはこのおふざけに参加しない。みんなヘラヘラ笑っているし、みんなみんなを守るマンのことをヒーローだと信じているが、耀天はほかの児童よりやや臆病《おくびょう》だったのだ。

小胆さは生物としての機能であり、武器でもある。痛みに敏感な弱虫が生き残ったって仕方がないようにも思えるが、死んだことのない生き物にとって死を免《まぬが》れる行動は大抵首肯された。不遜で絢爛《けんらん》な強者がバタバタ儚《はかな》くなっていくのを、それ見たことかと後出しジャンケンで嘲《あざけ》るのが弱虫に推奨される人生の楽しみ方であった。元来全ての生き物は警戒心が強く悲観主義であることが正しかった。ヒエラルキーのてっぺんで仁王立《におうだ》ちする度胸など長生きするためには持ってはいけないイレギュラーな欠陥だ。心臓なんてつるつるなのが通常で、毛の生《は》えているやつは尋常一様ではない不良品なのだ。そんな不気味な強心臓を持つ者たちには、ノブレス・オブリージュが課せられて当たり前だった。耀天はヤングオイスターみたいにつるつるかわいい心臓を持っている、正真正銘、正常で合目的な弱虫である。無償で人々を救う初期不良の強者さまの考えなんて理解できるはずもなかった上、理解してやる必要もなかった。

そんなか弱く正しい耀天の母は、昨日耀天を呼び出しお説教のムードでこんこんと話した。今小学校で流行《はや》ってるみんなを守るマンは、本当は正義の味方でもなんでもない地球外生命体かもしれないこと。小学生の間で人気になっているということは、小学生をターゲットにしているかもしれないということ。あるいは、彼こそが地球外生命体でないのなら彼は人造人間やロボットである可能性があり、その場合は政府機関やそれに近しい組織が裏で糸を引いているかもしれないということ。だとすれば、最終的な目的は彼を使って国民を操ることであるということ。奥様方が取り憑《つ》かれたように考え尽くして導き出した噴飯物の陰謀論は、齢十二の小心翼翼《しょうしんよくよく》な弱虫を不安にさせるには充分なでまかせであった。

結局クラスメイトは誰一人として耀天の抱える鬼胎《きたい》に共感しないまま、むしろその能天気な態度で彼の不安を助長する結果となった。

もし、母親の言う通りみんなを守るマンが悪者であったらどうなってしまうのだろう。なまじ頭が良かった耀天はあれが敵に回れば人間などひとたまりもないことを理解し、怯えていた。今日から新しい家庭教師が付くのに、とてもじゃないがテキストを開く気分にはなれなかった。フリー素材みたいな規則正しいノックの音がして、大学生くらいの男が顔を見せた。

「あ、初めまして。新しい先生の上原至です。今日からよろしくね。耀天くんだっけ」

「こんにちは。よろしくお願いします……上原先生。上原いたる……」

声に出してみて、耀天ははっとなにかに気づいたような顔をした。

「上原至って、上原辿の兄だったりしますか？」

「えっ、そうだよ。辿の同級生？　地区一緒だしそういうこともあるかなって思ってたけど、友達？」

「あー、クラスメイト……友達です、遊んだことはないですけど」

「なんで分かったの？　やっぱ似てる？　言われたことないから嬉しいけど」

「いや、顔じゃなくて名前が……苗字《みょうじ》が同じだったから」

なんだ、そんなことか。上原なんて珍しくもない苗字だけどな。彼はそう言いながら耀天の横にさっさと腰掛けて見るともなく本棚のラインナップを見ていた。頬骨《ほおぼね》の高さで波を描く邪魔くさいクセ毛が、動く度目に入りそうになって時おり瞬《まばた》きを堰《せ》く。上原辿とは似ても似つかないやや窶《やつ》れた大人といった面差しだ。以前の家庭教師は一日のノルマを先に全部やってしまってから質問の時間を設け、特になければそこでお開きにしていたが、彼は一向にテキストを開こうともしなかった。質問の時間が先だからだ。それも、教師から生徒への質問だ。

「クラスで何流行ってる？」

「んー、俺はそんなになんですけど、やっぱりみんなを守るマン……あ、上原先生は信じてない人ですか？」

「そんなことねえよ、だってこの辺にも出たじゃん」

未《いま》だみんなを守るマンのことを信じていない層はそれなりにいたので、耀天は子どもっぽいと思われないか不安に思ったが、彼は顔色一つ変えずにヒーローの存在を肯定した。近所で実際に目撃があったのなら大人でも信じざるを得ないのかもしれない。耀天の母親だってそれで信じるようになったのだ。耀天は田舎に住む人たちをのんきなものだと卑しんでいる。地球外生命体や世界のインボーの脅威に気づく気配もないのだ。

「耀天くんは信じてねえの？」

「俺は……俺は信じてますけど、でもみんなとはちょっと違うかも」

言《い》い淀《よど》む耀天に興味を持ったようで、彼は更に質問を続ける。

「どう違う？」

「えっと、みんなはその、結構ガキっぽいから……？　かは分かんないけど、みん守をアニメかなんかかと勘違いしてる気がするっていうか。ヒーローだって思ってて、ファン？目線って感じで。でも俺はちょっとだけ怖……苦手？　苦手に思えてきて」

苦手、と遠回しな言葉にしてみて、本当は恐れていることを自覚した。耀天はみんなを守るマンが怖くてたまらないのだ。母親の洗脳じみた言説は、いとも容易《たやす》く息子の心を支配した。ぶ厚い憂患の雲が蓋をして真っ暗なものだから、今やそれ以外のことは考えられないでいた。新任の家庭教師は鵜《う》の目鷹《めたか》の目《め》で粗を探す陰険な大人の空気ではなく、まるで同級生の友達みたいな空気で耀天の言葉を待っている。

「あの……バカにしない？」

「えっ、なにが？　しねえよ、なになに？」

「お母さんが言ってたんですけど、じつはみんなを守るマンはヒーローとかじゃなくてもっと怖……悪い存在だって」

彼はどこか嬉しそうににやけながら耀天の声に耳を傾けている。ちょうど信じていないようにも、信じているようにも見えない絶妙な笑顔だ。耀天は昨晩の母親を無意識に真似ながら話を続けた。

「あの、根拠があって。まずみんなを守るマンの敵は、外国には現れないのがおかしいんです。日本も発展してる国だけど、地球を滅ぼしたいならもっとあるって、色んなえらい大人が研究してたりするんです。それで、みんなを守るマンは日本の政府が作った何かで、その敵もまた同じ人が作った何かなんじゃないかとか」

「マッチポンプ……って言ってもわかんねえか。自作自演、あー、やらせだって、言う人いるよね」

「あ、はい。やらせ……ドッキリみたいな感じですよね。俺もそう思います。ほんとは大勢大人が関わってるんだろうなって」

クラスメイトとは違い、彼は耀天の話を真面目に聞いてくれたので次から次へと言葉が出てきた。全部母の受け売りだったし、本当は意味なんて半分くらいしか理解できていないが、耀天はマセていたため大人の見解を猿真似《さるまね》で並べるのが好きなのだ。大学生の、自分よりずっと頭のいい大人が自分の話に興味を持っている。その状況が心地よかった。

「だって、本当にみんなを守りたい正義のヒーローなら、敵を倒したあとどこかへ消えちゃわないで、なんか、警察とかに協力すると思うんですよ。警察とか、なんかもっとすごい組織とか、そういうところと協力して敵について研究したり策を練ったり、あとみんなを守るマンの超能力がどうなってるのか調べるのに協力したりすると思うんです！　それにそれに、もっとファンと交流したりしてあげると思うんです！　すぐ消えちゃうじゃないですか、普通だったらあれだけ自分を応援してくれてる人がいたらちょっとくらい愛想《あいそう》振りまいたりファンサービスしたりすると思うんですよ！　なんとも思ってないんです、みんなのこと、みんなを守るマンは！　中身は人間じゃないんですよやっぱり」

「………そうだな。俺もそう思うよ」

そう答える彼の冷たいツリ目は耀天なんていないかのようにまっすぐ後ろの壁を見ていた。

5

惨《むご》たらしい日々はどんなことがあっても続いていく。至を人たらしめる要素をつぶさに馬鹿にするような生活は、絶対的に続くのだ。嫌気がさしてこの世からとんずらしようにも、彼だけはその術《すべ》を持たなかった。

家庭教師のバイトを終えて帰路に就くと、タイミングを見計らっていたかのように地球外生命体が現れた。今度は品川の方だ。彼はいつもスーパーレーダーによって敵の来攻を察知し現場へと赴くが、その感覚が降りる瞬間というのは毎度筆舌に尽《つ》くし難《がた》い恐怖を伴った。今すぐ自分がどうにかしないと多くの人が犠牲になり、自分以外にはその役を担える者がひとりもいないという無慈悲なアラートは、無害で無能な人間さまには理解できないような恐怖なのだ。スーパーレーダーが狂ったことなど一度もないはずなのに、至は毎回、スーパーレーダーよ狂っていてくれと祈らずにはいられなかった。無駄な期待だと分かっていてこんなご都合主義を祈るのにも理由があった。彼は人が死ぬことより、人が死ぬことをなんとも思わなくなってしまう可能性に怯えているのだ。命の終わりに近い職業の人は死生観が変わることがあるように、いつか自分もそうなったらきっと、今のように動くことができなくなってしまう気がしていた。だから地球外生命体によって傷つけられる人や逃げ惑う人を見て、焦りや恐怖を覚えられる自分のことを、さらに俯瞰《ふかん》しては安心しているのだ。恐怖を見失ってしまった時がきっと、人としてのおしまいだと分かっていた。

もう何度目か分からないが、みんなを守るマンの登場シーンは決まってチープなものだ。叫びながら走り回る市民の誰かが気づいて叫ぶ。みんなを守るマンだ！　奇跡でも見たみたいな顔で、心から彼を待っていたかのような声で叫ぶ。みんなを守るマンはこの声で、この表情で微《かす》かな勇気を手に入れるのだ。コンタクトレンズ一枚分に満たないその勇気は、有り余る惰性で薄めてみんなを守る燃料となる。輿望《よぼう》を担う英雄さまの、とてもじゃないが見せられないほど痩《や》せ細《ほそ》り痂《か》せきったモチベーションの正体がこれだった。みんな奇跡を待っているのだ。自分は奇跡なんかじゃないとのたうつ夜を越えて、朝が来れば律儀に奇跡のふりをして降り立った。

地球外生命体は大きく分けて二種類存在する。有機物に見えるものと、無機物に見えるものだ。今空中に静止しているあれは後者で、銀座並木通り《ぎんざなみきどお》のルイ・ヴィトンを斜めに切り取ったようなオパールの肌がみんなを守るマンを映して光った。目も鼻も口も無ければ手足も無い。どこからどう攻撃してくるか予測しようのない出《い》で立《た》ちには不気味で端倪《たんげい》すべからざるオーラが付《つ》き纏《まと》った。

ひとまず、それに手を翳《かざ》しスーパービームを撃ってみる。みんなを守るマンの骨々しい手はゴミでも捨てるような仕草《しぐさ》で光を放ち、一本の白線が虹色《にじいろ》の歪《いびつ》な三角錐《さんかくすい》を貫いた。古いパソコンのような、あるいは真夜中の羽音のようなとにかく鬱陶《うっとう》しい音を立てて三角錐の内側が裸出する。内側はぎっしりイチジクみたいな肉感のある有機物タイプのハイブリッドだ。それこそ果肉のように真ん中だけを少し凹《へこ》ませてぎっしり何かが詰まっている。みんなを守るマンが更に割ろうかしらと覗き込んだその時、果肉部分一粒一粒が硬化し、その体を一メートルばかり尖《とが》らせた。咄嗟《とっさ》のことにスーパースピードは追いつかず、前のめりになっていた体は腰までぱっくりその針たちの餌《え》食《じき》となる。誰かが叫んだ。今度は歓喜や安堵《あんど》ではなく真正の悲鳴だ。みんなを守るマンが食べられた！　グロい！　逃げろ！　見ちゃダメよ！　果肉越しでもお構い無しに人々の声は届いている。英雄さまはバタンと閉じた三角錐から無様《ぶざま》に脚だけぶら下げて、目を開けることすらできない針の中、敵の一部が脳まで貫通していてどうしてものを考えられるのか不思議に思った。ズタズタの紙袋の中で深く息を吸い込み、止めたところで一気に体に力を込めた。ダメになった骨や内臓を再構築する時の推力で全ての針を抜き切るしかないと踏んだ彼は、何度か深呼吸を繰り返し硬く重たい針を押《お》し退《の》け始める。血管に蠍《さそり》が解き放たれたみたいな激痛だろうが、気を失う機能は付いていなかった。英雄には白目を剝いて痛みから逃れるなんてシャバい真似は許されないのだ。言葉にするのも恐ろしい苦しみも全部自腹を切って、なんなら他人の痛みや悲しみまで奢《おご》ってやらなければならない。まだ針は数センチしか動かない。至は気が遠くなりそうだったが、みんなを守るマンはその弱音を聞き入れなかった。

　ダランと投げ出されていた脚がビクビク動き出し三角錐から血が溢れ出す。やがて白かったトラックパンツがどす黒くなって、黄色かったメキシコ66がどす黒くなるほど血が流れた頃、ようやく三角錐を割ってみんなを守る死に体のスーパーヒーローが顔を出した。アイアン・メイデンから生まれたアイアン・メイデン太郎だ。まだ数本は果肉が体に刺さったままで、そうでない修復したての箇所には茶痣《あざ》が不規則に密集したドットを描いている。蓮《はす》の花托《かたく》と見紛《みまが》う彼の姿は、その場にいた全ての人間の神経をかっ攫《さら》う気色の悪さであった。残念ながら衣服はスーパーパワーで修復できないため着ていたTシャツもジャケットもタスキほどしか残っていない。被っていた紙袋も彼の血や脳みそをふんだんに吸って今にも溶けてなくなりそうだった。押し退けられた三角錐はくるりと断面を彼に向ける。それは非生物の行うきわめて無機的で滑稽な威嚇であり、次のスーパースピードがそれを躱《かわ》せないはずもなかった。みんなを守るマンが針のないオパールの背中に回ったかと思った瞬間、コンクリートをかち割りながら二つの三角錐は叩き落とされた。やはりそれらは機械のような均一の振動でコンクリートから針を抜こうと動くが、そのかわいらしい角っこを次のスーパービームが捉えた。引っ掻くように、粉々に。何度も何度も、しつこいくらいに厳重に。慎重に丹念に、それでいて癇癪《かんしゃく》を起こした子どもくらい、ヤケクソに。気づけば三角錐はオパールの肌をみんなビームに焼かれ、酸っぱい朱色のゲボみたいになった。赤ペンのインクを沢山飲んだ人の蛍光ゲボだ。英雄はゲボ朱肉の真ん中に降り立って、肩で息をしながらしばらくゲボを眺《なが》めていた。野次馬共の貰《もら》いゲボもそこら中に広がってとっても豊かな地獄絵図と化していたが、それでもこの場を離れず英雄を見守り続ける駄馬のサラブレッドだって何頭もいた。次々と到着する救急車や消防車が至のために呼ばれたのではなく野次馬たちのために駆けつけたのだという事実は、この場にいる誰もがみんなを守るマンを人間として扱っていないことの徴証《ちょうしょう》であった。担架で運ばれていくヒーローなんて誰も見たくないから当たり前だった。

至がいつも顔を隠すのは、勿論正体がバレれば日常生活が送れなくなるからであるが、ただの一回だって堪《こら》えられたことのない滂沱《ぼうだ》の涙を隠すためでもあった。戦うことは恐ろしいことだった。逃げたくても逃げられないものなんて、至以外の人間には死くらいしかないのに、至は自分で使命なんてものを背負い込んで、毎回毎回学習しないで恐怖のロウソクに火を灯《とも》すのだ。誰が死のうとそれは至の責任ではないはずなのだが、不遜なまでの義務感がそんな事実は掻き消していた。今や地球に住所を置く生き物ならたとえ擦り傷ひとつだとしても自分の責任だと思った。紙袋の中に木霊《こだま》する喘鳴《ぜんめい》が、ネズミみたいに忙《せわ》しなく脈打つ心音に裏打ちで参加する。アホの英雄さまは本日だって例外なく泣いていた。恐ろしさに込み上げるものと、今日をまた乗り越えられた安心感に込み上げるものが綯《な》い交《ま》ぜになって鼻の奥で混乱を呼んでいる。何か考えるのも億劫《おっくう》なほど疲弊しているが、何も考えずとも約束のように我こそはと涙が体外へ旅立っていくのだ。水気を帯びた紙袋が鼻先のあたりでボタリと千切れ落ちると、英雄の顔が半分ほど露《あらわ》になった。赤黒い血が張り付いた肌は、一瞬鬼面を被っているようにも見えた。

ギョロギョロはしたない望遠レンズの群れは躍起になって瞬いた。英雄が三角錐に半身を喰《く》われたまま痙攣《けいれん》していた約二時間のあいだ、当の本人よりも絶望を感じていたのは紛《まぎ》れもない民衆共であった。みんなを守るマンがみんなを守れなかった時、代わりになれる存在なんていないのだ。三角錐のバケモノが完全に静止したのと、みんなを守るマンの紙袋マスクが半分失われたことによって遠巻きに見ていた駄馬共のうち数人が近寄っていった。駄馬は朱肉のゲボまで十メートルというところまでパカラパカラと寄っていき、現代アートみたいな姿で立ち尽くす英雄にカメラを向ける。

「おーい。みんなを守るマン、聞こえますかー！」

「大丈夫ですかー！」

「おーい！　目線くださーい！」

駄馬が声をかける。すると英雄は、血で黒光りする顔を少し動かし何か言おうとした。何か叫ぼうとしていたのかもしれない。しかし声が届くより先に駄馬に届いたのは爆発音と、それを引き連れる熱風及び衝撃であった。

三角錐だったモノはゲボへと姿を変えて、最後は半径三十メートルを吹き飛ばす花火となって散ったのだ。残機が九つあったって卑しい好奇心の前ではニャアと爆《は》ぜて消えた。英雄はただ一人、黒い煙をパセティックに引き裂いて誰の耳にも届きはしない言葉を二、三吐いたかと思うと、逃げるようにお空の奥底へ潜っていった。みんなを守るマンは初めて、直接人が死ぬところを見たのだ。笑っちゃうくらい、ちっともみんなを守れなかったのだ。

6

凄惨《せいさん》なニュースはその凄惨さに比例して瞬《また》く間《ま》に広まった。死者十五名、重体が二十名、重傷・軽傷合わせて五十名以上。揃《そろ》いも揃って替えの利くボンクラがホトケになったのだ。世の中のほとんどは替えの利くボンクラなので、七面倒臭いことにみんな感情移入して悼んだり同族嫌悪で叩いたり非常に救いようがなかった。

〈いつかこうなるって思ってた……普通近づかないでしょ、常識ない人こわすぎ〉

〈みん守が生きてるならいいや〉

〈現場にいたけど全然笑える感じじゃなかったぞ　みん守も二時間くらい死にそうになってたし〉

〈みん守は割と毎回負けかけてる〉

〈現場で見てて平気だったわけねーだろ　回ってきた画像見ただけで鳥肌やばかった今も思い出して血の気引いてきた　グロ苦手な人は絶対検索しない方がいい〉

〈俺全然平気だったけど　グロ見慣れてなさすぎ〉

〈血とか痣みたいなのもグロかったけど挟まれたあと脚がビクビク動いてんのやばか

った〉

〈ビクビクみん守くんクソ抜ける〉

〈地球外生命体をレーザーでめちゃくちゃ切り刻んでるみん守の方が怖いからまだ見てない人見て〉

〈あんだけの能力あったらもっとやれることあんだろ　あれフィジカルバキバキの人間がみん守のレーザーとか出せたら絶対強いのに〉

〈弱くてイライラする毎回〉

〈じゃあ自分で戦えば〉

〈単純にヒーローとしてビジュアルが受け付けない　紙袋やめて欲しい　企業ロゴとかもお構い無しだし〉

〈貧相なユーチューバーと間違われるくらいですからね〉

〈これみん守黒幕説信憑性増してきたくない？　爆発するの分かっててあそこで立ち止まってたようにしか見えない〉

〈黒幕じゃないとしてももっと場所考えろよ　空中で爆発させてりゃなんとかなったろ〉

〈みん守の口初めて見た　人間っぽいやっぱり　人型ロボかも〉

〈顔全体見たすぎる　顎《あご》からして全然マキヤと似てない〉

〈マキヤとかいたなー〉

〈これ映画中止でしょ、人死んでるんだから……〉

〈実際の事件を元にした映画くらいいくらでもあんだろ〉

〈遺族は誰を訴えたらいいの？　政府？〉

〈死人が出た以上警察も動くのかな〉

〈もっと早く動けよ　動くのが遅すぎる　今までも怪我人はわんさか居たはず〉

〈今回の戦いを見てみんなを守るマンが敵だったらガチ終了であることを確信した〉

〈ビームでもんじゃにされちゃうねー〉

〈田舎住みでよかった　ちなみに田舎住みはまだドッキリだと思ってる〉

〈人が十五人死んだんですが……〉

〈みんなを守るマンって人を生き返らせたり治したりはできないんだね〉

〈もう怖いよ　この国は終わりだ〉

〈死んだ人の事どう思ってんだろコイツ〉

〈そもそもみん守はなんのためにバケモン殺してんのか　人助けはついでだから犠牲が出るんじゃねーの〉

〈みんなを守るためでしょ　忘れたの？　一番最初にみんなを守るマンですって名乗ったの〉

〈みんなを守ってから言え〉

聞かない方がいい、どこの誰が言っているのかも分からない戯言を端末越しに眺め続けてもう三時間が経《た》とうとしていた。辿はここ数日ずっとこの調子であった。しなければいけない他のことを全て放り出して顔もないネットの社会にかじりついているのだ。みんなを守るマンが死人を出してしまった。芸能人や政治家のような表舞台に立つ人間がスキャンダルを起こした時のような、スポーツ選手やプロ棋士のような勝負事を生業《なりわい》としている人間が手痛い失点や黒星を手にした時のような、とにかく責任を問いたくて仕方の無い人たちで溢れかえる空気ができていた。面白いことに、なんの被害にも遭っていない者ばかり大声を出した。なんの被害にも遭っていないから体力が有り余っているのだ。

「汕、ごはんの時までスマホ触らないで」

「うん、ごめん。でもママも気にならない？　みんなを守るマンのニュース」

「またそれ？　だって……ママ頭良くないから分からないもん……他のママたちはよく話してるけど、ママは周りに話合わせてるだけ。全然汕の方が詳しいよ」

ダイニングテーブルには二人分の夕食が並ぶ。最近はずっと二人だった。至はあれから、あまり家族の前に顔を出さなくなっていた。それも家族と言うより、母親を避けているようだった。

「お兄ちゃん今日もご飯いらないのかな。遊《あそ》び呆《ほう》けてるのかなー。汕なにか聞いてない？」

「あー、いらないって。忙しいんだと思う。大学生だし、色々あるよ。ママだってママの付き合いがあるじゃん」

「ママのやつは楽しくないもん。大学生の付き合いは楽しいでしょー、いいなー」

「それは知らないけど。最後いつ至くんに会った？」

汕がそう訊ねると、彼女は箸《はし》を置いて喋《ちょうちょう》々しく頭をひねった。二つのことが同時にできないのだ。思えば、何日も上の息子には会っていない。しかし今までもそんなことはあったし、大学生活を経験していない彼女は大学生の忙しさというものを大袈《おおげ》裟《さ》に見積もっているため大して気にもしていなかった。

「まあラインはくれるしいいかなって。誕生日プレゼントも毎年くれるし！　あのノンフライヤー、至が買ってくれたんだよー。あ、でもねでもねー、なんか遅めの思春期か知らないけど洗濯は自分でするって言うんだよーあの子、女の子みたいだよねー」

彼女の話を聞きながら汕は際涯《さいがい》なく血を吸って真っ黒になったトラックパンツを思い描いた。あれがランドリーに置いてあったら卒倒するかもしれない。実際、至が使った後のバスルームは卒倒してもおかしくないほどの常軌を逸《いっ》した血なまぐささを放っていて笑いが込み上げた。浴室用物干し竿《ざお》に人間でもぶら下げて捌《さば》いたのかと問い詰めたくなるような生き死にの事跡が無防備に残されているのだ。至は度々死闘の匂いを持ち帰ってくるが、誰よりも先に汕が気づいて後始末をしてやった。だから汕はおめでたく笑う彼女の姿を見る度、本当にこの人は鈍感なんだな、そう思った。

「……読書クラブではさ、なんの話してるの？　みん守の話してるって、クラスの子が言ってたんだけど」

「うんー……辿に言っても仕方ないんだけどさ、みんなを守るマンの危険性についてって話ばっかりでさー、不安になっちゃうよね。地震が来るとかいう類《たぐい》の話もあたし大嫌いなのに。地震が来るならさ、家族三人でいる時に来て欲しいよね」

「それ、いつも言ってるよね。で、危険性ってなんなの？　クラスの子も言ってたんだよ」

「分かんない……辿が心配することないよ多分……あたしが守ってあげるからね」

「至くんが守ってくれるよ、全部」

そう言いながら辿は、みんなを守るマンに怯えている人たちをみんなを守るマンが、それもみんなを守るマンから守るだなんて矛盾していると思った。上原至がみんなを守るマンであることも、みんなを守るマンがみんなの味方であることも、この世で本当に二人しか知らないのだ。それはこの上なく寂《さび》しいことであったが、同時に決して避けられない現実だった。仮に至がみんなの前で、自分の口から説明したとしても、状況は少しも変わらない。信用とはそれほどまでにハードルが高い博打《ばくち》のことなのだ。

夕飯を終えた後は特にみんなを守るマンの話題には触れず、たわいない親子らしい会話を済ませた。辿が自室に戻ると、隣の部屋に気配を感じた。そこは至の部屋だ。家にはいるものの、母親と顔を合わせないように息を潜めていたのだろうかと思った辿は、物音を立てないようにゆっくりドアを開け廊下へ出た。隣の部屋からは灯《あか》りが漏れている様子もないので眠っているのかもしれないが、何を思ったのか彼は細くドアを開いて声をかけた。

「至くん？」

返事はない。しかし眠るでもなくベッドに腰掛けていた彼はやおら首を持ち上げて随分眩《まぶ》しそうに弟の方を見た。辿が照明のスイッチを押しながらドアを閉める間も、大人しくそれを眺めている。チンパンジーみたいに。あるいは、初日のバイトみたいに。

「至くん寝てた？　あの、ご飯、外で食べた？　まだならさ、ママいるから今言ったらなんか出してくれると思うけど」

「あっ、寝てねえよ、全然。腹減ったら食うよ、ごめんな」

覇気のない枯《か》ら声《ごえ》で彼は答えた。眠っていないのなら電気もつけずに何をしていたのか、辿はそれを訊いてしまえるほど子どもではなかった。

「……ちょっと話してもいい？」

座椅子に腰掛けて、兄を見上げるようにして座った辿は、なるべく刺激しないように小さな声で言葉を選び始めた。

「教えて欲しいことあってさ、あの、いい？」

「え、いいよ、教えるよ、俺、家庭教師だぜ」

「そうだよね。ありがとう。あのさ、みんなを守るマンのことなんだけど、至くんは見てないと思うけど、ほんとにみんな凄《すご》いって言ってて、感謝してるんだよ、弟だからってわけじゃないよ、みんなが凄いって思ってるんだよ」

みんなを守るマンという単語が出た途端、至は顔色をなくしてぎょろぎょろと目を泳がせてしまった。辿は一等慎重に話を続ける。

「あのー、それでさ、ファンがもう、たっくさんいてね？　この前……の……まあ、あの、ファンの人たちがね？　感謝してるから、それを形にしたいって言ってるんだよ。クラファンって何かわかる？　なんか、クラファンっていうのをやって、それでお金を集めて寄付するって話が出てるんだよ、凄いよね」

「寄付って、なにに」

ファンを名乗る者の間では、被害者遺族に対する寄付の話があがっていた。何処《どこ》にも責任を問えない事件であるためヘイトが着地点を見失い色んな場所で爆散するものだから、それを見兼ねたみんなを守るマンの自称支持者たちが声を上げたのだ。辿はこのニュースを兄に伝えれば喜んでもらえると思ったのだが、このニュースを伝えるにはあの日の話を避けては通れない。

「……あのー、あっ、俺、クラファンってよく分かんなくて、それを教えて欲しくて！　募金みたいな感じだよね？　スマホからできるかな？　ママの許可とかいるかな？」

「なんで……」

「それか、俺は弟なんだから、そういうことには参加しない方がいいのかな」

「なんでそんなことすんの？　関係ないやつらが……」

とても英雄とは思えない二日酔いみたいな白い顔をして、ほとんど泣きながら彼は言った。

「やめてって言ってよ、やめてよ、そんなこと……」

「どっ、どうしてどうして？　なんでだめなの？　い、至くんのことを思ってやってくれてるっぽいしさ、至くんがやらせてるなんて誰も思わないし、なにがだめなの？」

「これからも死ぬからだよ」

稲妻が落っこちたみたいな真っ白けの無音が二人を覆《おお》った。なるほど単純明快なことであった。これからも名前無しニンゲンたちは沢山死ぬのだ。数え切れないほど守れなくて、被害者も被害者遺族もうんと増えていくのだ。クラウドファンディングなんていくらやったって追いつかないほどに、みんなを守るマンさまは黒星を増やしていかれるご予定だ。この時辿はようやく理解した。これまでの至は己のスーパーパワーを誇っていたのだと。あの爆発事故は彼にとって、みんなを守るマンにとって初めての敗北であり、英雄を英雄としてこの星に立たせていた重量みたいなプライドを奪い去るカノンイベントだったのだ。目の前で燃えて死んだおまぬけ共が、彼の自負を取り上げて脳天から宇宙へ真《ま》っ逆《さか》さまに突き落とそうとした。ただ一人だって命を落とさせないことで積み上げてきた沈勇は、キラキラした品のない炎と共にもう二度と戻ってはこないどこかへ消え去ってしまったのだ。偉そうに茫然自失《ぼうぜんじしつ》になってみても、根本は誰にでもあるありふれた挫折《ざせつ》だった。

「でも……えっと……でも、やめないよね、みんなを守るマン。至くんがいなきゃ、もっといっぱいが死……危ない目にあうしね」

「ごめん。やめないよ！　ごめん辿！　ビビったよな、ちょっとあのー、暗くなってウソついた、大丈夫、もう絶対大丈夫だよ、だってあの爆発でみんな懲《こ》りたっていうか、学習しただろ。危ないってわかったと思うから、大丈夫。ああいうことがなければ俺だって絶対守れただろ、なあ」

今度はわざとらしく明るい声で、自分に言い聞かせるような口調でまことしやかにでたらめを吐いた。もう自信なんて一匙《ひとさじ》も残ってはいないのに痛々しくて仕方がなかった。至がみんなを守るマンの力に安心できていないのに、他の誰かが安心してくれるわけもなかった。大きさは違えどみんな不安だった。こんなにも頼りない英雄はスクリーンで観たことがないからだ。

不安でも頼りなくても、危なくても恐ろしくても、もうやめたくても死にたくても、スクリーンの外にいる英雄に容赦はなかった。脊髄にミシンを打たれるような緊張が走って、彼を急進的に呼びつける。至は頭を掻《か》き毟《むし》りベッドに倒れ込んだ。うーとかあーとか意味のない声を漏らしながら、弟がいるのも忘れて痴態を晒している。辿はかける言葉こそ持たなかったが、全てを理解していた。スーパーレーダーが新たな敵をサーチしたのだろう。敵に共通点なんて見当たらないが、底意地の悪いタイミングに現れやすいことは承知であった。本当は底意地の悪いタイミングに現れているのではなく、現れて欲しいタイミングなどないというのがタネではあった。至は数分声を殺して泣いた後に、悠然と立ち上がって自分にすら聞こえないくらいの声を零した。

「行かなきゃ」

辿がなにか言う前に、かつては人間だったバケモノが紙袋を手に、躊躇《ためら》う素振りもなく消えた。

7

それは大宮《おおみや》に現れた。青みを帯びた黒い猿が、ご多分に漏れず大口を開けて逃げ惑う人々を底気味悪い顔つきで観察している。ただし目玉に該当する器官は見当たらない。あかぎれみたいな三日月形の口が結んであるだけだ。猿と言っても動物園の檻《おり》の中にいるような形ではなく、幼稚園児のスケッチブックの中にいるような形の猿だ。長さにバラつきのある左右非対称の手足に加え、顎からもホースのような細長い器官が伸びている。たった今到着した逆位置のセイレーンがそれらを恨めしそうな顔で見下ろした。至はスターバックスリワードのゴールド会員なのだ。何が何だか分からないビルの端《はし》くれみたいな地球外生命体よりも、醜悪でも動物らしい器官の揃った地球外生命体の方が本能的に気が楽だったため、今回のターゲットを見てひとまず愁眉《しゅうび》を開いたが、彼はすぐに周囲の異変に気がついた。以前までのような野次馬共がいないのだ。野次馬なんて本来邪魔者でしかないのだが、至は酷く気にかかって思わず辺りを見回してしまった。よく見ると駅の構内に人がひしめいている。まさか建物の外にいなければ安全と考えたのだろうか。下衆張って光る望遠レンズの瞬きに至は血の気が引いた。何も学習していない。人が十五人死んだって、何も変わらないのだ。十五人が死んでも自分だけは死なないと思っている人間は、八十億人が死んでも自分だけは死なないと信じているからだ。いっそ気が楽にもなり始めた。あれだけ知能が低い生き物なら万が一死んだってそこまで悪いことではないのかもしれない。みんなを守るマンは目玉のない猿の顔面にビームを撃った。目玉のある方の猿たちも興奮してシャッターを切り始める。たちまち黒い毛皮が焼け落ち赤い皮膚が露出した。さほど硬くはないらしい。露出した部分から強引に風穴を開けてやろうと距離を詰めた瞬間、甘皮みたいな口が開いて確かな声が聞こえた。

「みんなを守るマンだあ！」

昭和のテレビCMに出る子役のような、お行儀の良《い》い棒読みだった。

「みん守、まだ？」

「逃げてくださあい」

「待ってえ、危ないよー」

この声は幻聴なんかではないようで、ギャラリーもざわつきを見せ始める。地球外生命体がものを言っているぞ、と録画や録音を始める者もいた。鳴き声や機械音のような音を出す敵はこれまでもいたが、きちんとした日本語を発するのはこの猿が初めてだった。猿の言葉は文法こそ間違えていないが表情との剝離《はくり》には不気味さが目立つ。凡《おお》よそ猿自身が考えて発しているのではなく、周囲から聞こえた言葉のオウム返しであることは想像に容易かったが、みんなを守るマンが現れてから話し始めたのかと思うといささか気分が悪かった。至が喉《のど》を焼き切って黙らせてやろうと撃ったビームは、顎先から伸びる器官によって阻《はば》まれた。

「ありがとうございます」

猿が鳴った。

「また助けてくれてありがとうございます」

聞き覚えのある言葉に、彼は紙袋の中で目を見開いた。何故《なぜ》今、そんな言葉を吐いたのだろうか。みんなのみんなを守るマンは、ファンから投げられた言葉を忘れてはいなかった。また助けてくれてありがとうというのは、いつも最前線で目立っている女子高生が彼の腕の中で言ったセリフだ。もう何日も前の、しかも至にしか聞こえていないはずの言葉なのだ。あの猿が持つ日本語の引き出しにそれがあるのは明らかに不可解であった。

「中身は人間じゃないんですよやっぱり」

嘲笑《あざわら》うかのように流れ出たセリフはまたしても至しか知らないはずの言葉で、そのことにまんまと動揺したのがまずかった。猿の顎の正面にいた至は、攻撃の手を止めた瞬間顎先の器官の餌食となった。紙袋のセイレーンの左目辺りを貫いたそれは、ぴったり至の前歯を砕《くだ》き破って道なりに喉の奥へと急降下した。経口内視鏡よりもずっと太い毛羽立った器官が体の奥へと押し寄せる。当然異物感に胃液が込み上げるが猿の一部によってせき止められ、鼻へと流れ込んだ。鼻から胃液を垂らしたまま、燃えるような喉から異物を引き抜こうと試みるが猿の器官は彼の予測より遥《はる》かに脆《もろ》く、引き抜くために握った部分から千切れ、喉の方へ入っていった分はそのまま引き抜くことができなかった。本体から切り離された器官はひとりでにのたくりながら奥へ奥へと侵入している。脂汗が額を伝ってはたはたと落ち始める。みんなを守るマンは大時《おおし》化《け》のような吐き気を押し殺して眼前の猿畜生に摑《つか》みかかった。醜《しゅう》怪《かい》極まりないあの口を閉じさせないことには心が休まらない。猿がまた何か恐ろしいことを言う前に、口から顔の皮を剝ぐようにして上下に力をかける。繊維質な赤い組織が痛快に引き裂かれていく。歯の一本も生えていない薄暗いだけの口内に肩まで突っ込んでビームを放つ。猿の底の方から壊れていくのが分かる。酷く爽快《そうかい》で、忘我の域でこそあったが、英雄としてなんてみっともない姿だろうか。みんなを守るマンはいつもこうだ。上原至はいつもこうだ。向いていないことをやらされている自覚が強くあった。もっと華々しく闘える人間がいるはずだ。もっとドラマチックに、お食事時だろうとお子さまがいようと家族みんなで見られるような英雄が、きっといるはずなのだと思った。英雄とはこんなにグロテスクなものじゃない。こんなに凶悪でも、こんなに不器用でもないものなのだ。自分がやっているのは英雄を真似たバケモノのおままごとだ。バケモノ同士が闘っているのだ。そう思わずにはいられなかった。無様にバケモノと対峙《たいじ》していると、いつも同じような思い出が蘇《よみがえ》った。至が小学三年生の頃、合唱コンクールの伴奏を引き受けることになった時のことだ。クラスにピアノを習っている生徒がたまたま至しかおらず消去法で回ってきた役だったが、至はちっとも乗り気でなかったのを覚えている。他のクラスにはもっと上手《うま》い生徒がいる。自分にしかできないことは、自分が一番やりたいこととも向いていることともイコールではないのだ。毎日泣きながら遅くまで鍵盤《けんばん》を叩いては、ミスタッチの不協和音に自信を失っていった。あの頃から彼の自信は何も変わらない。消去法で不向きなことをやって、不向き故《ゆえ》に醜態ばかり晒して自信を無くしていくのだ。本当は至だってみんなと並んで口パクがしたかったし、安全な自宅からヒーローのニュースを眺めていたかった。伴奏ならきっと泣きつけばやらないで済んだかもしれないし、最悪合唱コンクールを台無しにする程度で終わったかもしれないが、当然のように地球人を攻撃し、有害物質を撒き散らす生き物の始末なんてしたくないと泣きつく先はなかった。彼が本気で駄々をこねへそを曲げたらどうなるのだろうか。自衛隊なんかが代わってくれるのだろうか。他人を頼れないのは一種の驕《おご》りにも見えるが、思想に根を張っているのはただただ果てない絶念であった。みんなを守るマンは今更感謝を求めるほどお花畑ではないが、せめて自分の実力以上の仕事を求めないで欲しいと願った。無理矢理背負わされていることに、進んでやっていることと同じだけのクオリティは出せないのだ。

彼の母は平均を大きく下回る不器用さでほとんどの職業に向いていないが、子育てが天職だと胸を張って笑った。やらなくてはいけないこととやりたいことが重なっている稀《まれ》なケースだった。至は初めの頃、英雄のような職業は他にないと思い上がっていたが、向いていようが向いていまいが役を与えられた本人にしかできないのは親という職業と似ていると思った。八十億の我が子らを英雄が見捨ててしまえばちょっとやそっとの禍患じゃ済まないのだ。至の母のように我が子を愛せなければこんな責任だけ問われる無償のお勤めは生き地獄でしかなかった。

だけど。

「おお、倒したっぽいぞ」

群衆の指差す先に御座する英雄さまは、確かに我が子たちを愛していた。

惨《みじ》めな英雄行為をやめるという選択肢が、彼の中に現れたことは一度たりともなかった。動かなくなった猿の上で喉に指を突っ込むが、奥の方へ入っていった髭《ひげ》のようなアレが出てくることはなかった。ずっとお祭りのような眩暈《めまい》がしていた。恐らく胃か腸を突き破ってどこか入り組んだ場所まで移動している。吐き出すことはできなそうだ。凡そ腰の辺りでとぐろを巻いて、内側から仙骨やら腰椎《ようつい》やらを撫《な》で付《つ》けている。痛いなんて生易しい感想を抱く時間はとっくに過ぎていて、ひたすら気持ちが悪かった。可視化された病魔が骨の中でカウントを取っているのだ。猿の死骸《しがい》に膝をついた至は荒い息で腰骨を掻きむしるが、次第に意識が遠のいていった。遠のいたって目の届くギリギリの位置で馬鹿にするように立ち止まるのだ。これまで再三にわたって気を失ったっておかしくない状況を越えてきた彼には分かっていた。このまま死ねることなんてないし、ましてや目を覚ませば清潔なベッドの上なんてこともないのだ。為《な》す術《すべ》のない英雄は、終《しま》いにはその場に倒れ込んでカリカリと力なく猫のように腰を引っ掻き、ピーピー息を漏らすだけだった。

「ねえ、みん守変だよ、帰らないのかな」

「何してるんだろ？　いつもと違うみたいだけど、声かけてもいいのかな？」

ついこの間爆発事故があったばかりだというのに、かわいいお猿さんたちが無様な英雄さまに一人また一人と近寄っていき、数十人単位の人だかりができていた。至までの距離は僅《わず》か数メートルだ。爆発の危険性を顧みずみんなを守るマンを心配している者もいれば、ただ彼を至近距離から見られるまたとないチャンスだとカメラを近づける者もいた。みんなを守るマンからすれば十把一絡げのエキストラだったが、今日は彼らに向ける意識が違った。猿の言葉がずっと頭から離れないでいたのだ。猿は至がこれまで聞いてきたセリフを吐いた。上原至の記憶の中から引用していたのだ。特に、あの小学生がお利口気取って吐露したみんなを守るマンへの不安や不信。こんなに情けない姿を晒しても尚《なお》自分のことが恐ろしいのだろうか。至はズレたことを考えながら、無意識に声を発していた。

「なんか……なんかない？　なんか、メス、みたいな、ないと思うけど、刃物、刃物……」

朦朧《もうろう》としていても周囲がぎょっとしているのが分かった。たった一言の自己紹介以降頑なにものを言わなかったみんなを守るマンが、隣の席で授業を受けるクラスメイトぐらいの距離感で声をかけたのだ。それも誰ともなく、集まっている土手カボチャ全員にだ。

「えっ？　ウソ、喋った？」

「あの、すみません！　なんですか？」

「なんか、なんかなん……か今……体んナカに……さっきのやつの、髭みたいなのが入ってて、出してえの、吐けなくて、ここから、穴開けて、取り出す……」

スーパーワープを使って自分で刃物でもなんでも取りに行けたらよかったのだが、体内を猿の一部が泳いでいる状態では頭が回らなかった。彼は間黒男《はざまくろお》よろしく公開セルフオペをするつもりだ。群衆は顔を見合わせた。そして病人のように弱々しく横たわる英雄をカメラレンズ越しに見た。人間のようにぺらぺら喋る姿には違和感があったが、今まで彼を人間だと思っていなかった者たちもみんな、目の前の男は人間なのではないかと思い始めていた。

「お願い……お願いお願いお願い……」

英雄は駄々っ子のようにがらがらの濁声《だみごえ》で泣きついた。

「凄いな……みん守が喋ってる」

「え、敬語なんじゃなかったっけ？」

「誰だよロボットとか言ったの！　めちゃくちゃ人間じゃん！」

人間だと認めているのならなぜ、誰も彼の言葉を聞いてやらないのだろうか。至は靄《もや》のかかる意識の中、それでも鮮明さを増し続ける人々の声をしおどしのように受け止め続け、信じられないほど冷たい言葉でいっぱいになる度涙に変えた。体のどこかでギチギチと地球外生命体の一部がはね回っている。彼は何もできないまま、いっそもっと上の方へ来て、脳を食い破ってくれと本気で祈った。そして、悔《く》いていた。猿の言葉を、あの小学生の言葉を鵜呑《うの》みにして、これまで貫いてきた無言の姿勢を変えてしまった己が恥ずかしくて死んでしまいたくなっていたのだ。確かに小学生の言う通り、ヒーローならもう少し人々と距離を詰めてもいいのかもしれない。自分から胸襟を開けば想《おも》いが伝わるかもしれない。そんなのは全部、虫歯菌が列を成《な》して歓迎するほど甘い考えだった。みんなを守るマンの言葉は人間の言葉になっていたって伝わらないし、みんなを守るマンが人間の姿形をしていたって人間だと認識されることはないのだ。みんなを守るマンがどんな時も自罰的なのは、みんなが罪を償えるほど知性的でないという確信を持っているからだ。猫を叱《しか》らないで鰹節《かつおぶし》を仕舞わなかった己を責めるのは、猫に我慢や忍耐なんて期待しないからだ。民衆は猫より愚かで、猫より醜《みにく》いから救いようがなかった。

全てを諦《あきら》めて、本当に全てを諦めて仕方なく素手で皮膚を破こうと腹を決めたとき、誰かが人混《ひとご》みを掻き分け近寄ってくる気配がした。何やら大声をあげているのだ。

「すみません！　これでいいですか？」

差し出されたのは剪定《せんてい》なんかに使われる花鋏《はなばさみ》であった。

「あそこの花屋さんが貸してくれました！　ほんとは包丁とかのがいいかなって思ったんですけど、その辺で借りられなくて、あっ、早く使ってください！」

見ると、就活生風の男だった。もしくは新卒社員といった雰囲気だ。好奇の目なんかじゃなく、本当に人が人を気遣《きづか》う時の優しい目をしていた。そこには心痛の陰に身を潜める一抹の清々《すがすが》しさが光った。善行をしている自覚がある者特有の、やってやったぜという誇らしい光だ。拾った財布を届けたり、妊婦に席を譲ったりする時の不謹慎で正常な興奮だった。男は呆気《あっけ》に取られて固まる至の手に、強引に鋏を握らせて軽く肩を叩いた。

「あの！　大丈夫ですか！　気絶でもしていると勘違いしたのだろう。

「あの！　大丈夫ですか！　これじゃ無理ですかね？」

勇猛果敢な若者の行動は、レンズ豆みたいな脳みそのギャラリーの心を簡単に打った。

「すごい、あの人」

「なんでハサミ？　渡したんだ？」

「みん守がくれって言ってたんだよ」

「みん守、大丈夫かな？」

みんなを守るマンはひんやりとした短い刃を確かめるようになぞると、親指でほんの少し紙袋を浮かして言った。

「ありがとう」

でも、見ない方がいいよ。嗄《か》れた声で英雄がそう言ったかと思うと、鋏はいとも容易くその腹部に穴をこさえた。点として空いた穴がそのままジグザグと線になっていき、ア、ア、ア、と助走をつけるような呼吸のあと大胆に左手がその線へと消えた。ギャラリーが悲鳴をあげる。至も悲鳴をあげる。では、キャアキャア言っていても仕方がないので息を止めてもう一度。体内は温かかった。その手に生温《なまぬる》さを感じるのと同時に、内臓や筋肉の方は手の冷たさを感じ取っていた。冷たいんだか温いんだか滅《め》茶苦茶《ちゃくちゃ》になりながら彼は随分不器用にしばらくグチャグチャやった。件《くだん》の物体が気持ちよくズルリと摘出されることはなく、細切れになりながら少しずつアスファルトに並べられていった。みんなを守るマンは今日も元気に血だらけだ。

「これで全部かな」

肥大化した黒いサナダムシみたいな物体がグズグズになってお目見えした。無理くり開けた穴の方は大方塞がって元通りだ。動画を回したり途中で吐き戻したりしながら見守っていた人々が疎《まば》らに手を叩き始め、少しの間対象不明の拍手が鳴り響いた。

「傷のとこ、どうなってるんですか？」

「いやあ凄い、凄いもんを見たなあ」

「これで全部おしまい？　いつもこんなことやってるの？」

みんなを守るマンが己の腹を割《さ》いておぞましいことをやっている間、誰一人として救急車や応援を呼ぶものはいなかったが、代わりにテレビ局や動画配信者の類は大勢集まっていた。そんなことは今更どうだってよかったが、至はふと、花鋏を手渡してくれた勇気ある男がいないことに気がつく。

「あの、これ……こんなの返されても嫌かも知れねえけど、これ返しといて、花屋だって、誰か。ありがとうつっといて。助かったよ」

みんなを守るマンは摘出した地球外生命体の横に花鋏をそっと並べて、ぱっと消えた。ちっぽけな人間共には届かない空の深い深い場所では、尊大で高踏的な丸より丸いお月様が、飛沫《しぶき》のような星々の光を弱めてのさばっていた。みんな忘れているのだ。お月様だって星だということを。みんなを守るマンは一際目立つ星を背に、まだ生きている自分を乱暴に抱き締めた。誰にも見られてはいないはずのその姿は、なんだかお月様に彫られた刺青《いれずみ》のようで一等美しかった。

8

「なんか久しぶり？」

　至はここのところゼミを立て続けに欠席していたため、ゼミでしか会わない友人に顔を見せるのは久方ぶりであった。そうでなくても、今はゼミの他に大学へ来る用事は少ないのだ。

「いそがしくて」

「……まあゼミなんかより優先すること色々あるわな。うち緩《ゆる》いしな。えー、いや久々に会えてよかったわ、えー……いや、そうだよな…………いやあのさ、まじで忙しそうだな？　バイトも続けてんだっけ？　あれてか、バイトなにしてんだっけ？」

　その友人は隠し事のできない性質であった。明らかに様子のおかしい至を見て、かなり動揺していた。無理もなかった。以前までの至はどちらかと言うと自分から気さくに話しかけてくるタイプでなんなら人との距離を詰めるまでの時間が短すぎるような人物であったし、女性と女性に具《そな》わる機能の素晴らしさについて日が暮れるまで熱弁をふるったかと思えば、ホモソーシャルを讃《たた》えて彼女なんか要らないんだと夜が明けるまで周囲の折伏《しゃくぶく》を試みることもあるお調子者であった。みんなを守っていない上原至は決して後悔に泣いたりしないし、人間を諦観したりなんてしない人懐《ひとなつ》こい生き物なのだ。それが今は、友人の前だというのに笑顔のひとつも満足に作れないでいる。爆発事故で十五人のスカタンがホトケになった時から、罰のように何も口にはしていなかった。

　至は初め、火柱の中でバカみたいに終わっていく人間が忘れられず食欲が湧《わ》かなかっただけだが、そのうち自分ははらわたを散らかしても死ななくても、餓死なら可能性があるのではないかと淡い期待を抱くようになった。言うまでもなくそんなことでみんなを守るマンがポックリ逝けるわけもなく、自分の生活から食事を取り上げたって体調が悪くなることさえなかった。ある程度は、つまり周囲がぞっとする程度には容姿に変化があったかもしれないが、みんなを守るのにはなんら差《さ》し障《さわ》りのない健康体が保証されていた。自分で自分に罰を与えたがるのは、その実許されたいと願う薄汚い負け犬の血が流れているからだ。食事をやめたって闘いをやめさせてもらえるはずもないのに、勝手なルールを設けて勝手に苦しんで、その苦しさを生き甲斐《いがい》とするような生活は家畜以下である。自らスタンチョンに頭を通してへこへこ揉手《もみで》で傷や瘤《こぶ》をチラつかせて誰でもない誰かに祈るのだ。慎《つつ》ましく、横暴に、自分より苦しんでいる生き物なんていないでしょうと猫なで声で憐憫を煽《あお》った。それが事実であってもなくても現状が変わることはないのに、今や彼にはそうする他なかった。怒るのには途方もない体力がいるのだ。理不尽に対して怒れるうちが花であり、怒るための血気を奪われてしまえば奪う側の思《おも》う壺《つぼ》であった。敗北主義に陥落して怒りを手放し自傷行為を続けるのは、どんな無能にもできる尊厳の放棄だ。せっかく何かを傷つける体力が残っているのなら俺さまではなく、私さまではなく、自分さまではなく、傷つけたいと思うに至った動機の根元にいる野郎を傷つけるべきだ。もしも人間さまとして生を享《う》けたのなら、それが低危険種を代表する人類にピッタリの猪口才《ちょこざい》な生き方だった。図々《ずうずう》しさは人間の初期装備だ。同じく初期装備である暴力を己に使うなんて神さまもデバッグなさらなかったアホな裏技だ。だから謙虚などと美しい言葉に憧れて即身仏を目指すなんて行為は、他の誰でもない上原至への冒瀆《ぼうとく》でしかない。悲しいかな至の体力を奪ってしまったのは地球外生命体ではなく地球内生命体であるということから、そろそろ目を背けていてはいけなかった。

至は持ち前の幼稚さから願掛けのような、ストライキのような効果を期待して食事を絶っていたが、その他にももう一つ、新しい癖《くせ》を生んでいた。

(今、おかしかったよな？　今こいつ、優先すること色々あるって言ったか？　それってあのバケモノを殺すことを言ってんのか？　だって、俺を見る目もおかしいし、なんで？　この前喋っちゃったから？　声とか話し方で、俺はもう全部バレてんの？)

周囲を訝《いぶか》る野生児の視線は、彼の変貌《へんぼう》ぶりをより一層際立たせていた。目の下を這《は》う青隈《あおくま》には稲妻のような血管が走った。至のデザインだけが伊藤潤二《いとうじゅんじ》かティム・バートンの世界だ。とっくに限界を迎えている頭には無量大数の猜疑《さいぎ》が巣食って、ありえないことばかり、ありえないことだけを信じてしまいそうになるのだ。至の頭の世界ではみんなを守るマンは巨悪とされており、疎《うと》まれ、見下され、煙たがられ、忌避すべきものであると認識されていた。彼を求める者の声も、賞賛する者の声も届かないのだ。自分の肩を持つ者に裏切られ、両肩が蕁麻疹《じんましん》でごった返しているのだから無理もない話だった。今や信じられるものは誇り高き己の凶悪さだけなのだ。美しいスーパーパワーの暴力性にだけ拘泥して、かえすがえす自分にしか耐えられないであろう苦しみを矜恃《きょうじ》とした。切り裂かれたとき、打ち付けられたとき、焼かれたとき、毛羽立った触手で体の内側から凌辱《りょうじょく》されたとき、みんなを守るマンは母を思った。子を授かることはたいへん神秘的で光栄なことであると同時に物凄い苦痛があるのだと、妊娠から出産、産後しばらくずっと、ママにしか耐えられないものがあったのだと、至の母はかわいくゴージャスな不遜を香らせて、そんな話を何度も聞かせてくれた。その痛みや苦しみに耐えられるから、至を手に入れることができたのよ。パパだったら耐えられなかったから、ママが産むしかなかったの。そう恩着せがましく笑う母をいつでも鮮明に思い出した。それは勇気になるからだ。至には一生味わうことのできない苦しみとやらを、愛情たっぷりの体に感じてみたいと思った。そして、自分にしか味わうことのできないスーパーパワーの苦しみを、他の誰にも譲ってやるものかと片意地を張るのだ。

　ゼミでしか会わないような友人たちがみんなを守るマンの正体は至であるだなんて気づけるはずもなかったが、そんなこと今の至には理解できなかった。友人だけではない。いつもすれ違う全員が自分を好奇の目で見ている気がした。大学になんて来る意味があるのだろうか。そんな風にも思うが、普段通りにするべきことをしないのはやはりバチが当たるような気がしてやめられなかった。ゼミの教室は講義室とは違い室内にいる全員の声がはっきり聞こえるし、至はそうでなくてもスーパーイヤーなる嫌がらせの品を持っている。さらに、普段は並列のスタッキングテーブルをコの字形に並べ替えているものだから、ゼミ生の顔までよく見えるのだ。いかにも大学生らしく制服のようなファストファッションブランドをひっかけた男や女が、一様に糞色《くそいろ》の頭を並べている。隣に座る友人も、その隣に座る友人も、向かいにいるのも、今入ってきたのも、全部疑わしい。本当はみんな知っていて、無様に闘う自分をバカにしているのではないだろうか。至はそんな猜疑心に薪をくべ続け、その煙の中で夢を見た。今手を翳してレーザーを撃てば、どんなに素敵だろうか。この部屋を満遍なく、縦にも横にもズバズバ割き続けたら、どんなに胸がすくだろうか。スーパービームは熱性であるため、灼《や》ける臭いがするはずだ。皮膚や骨やナイロンが燃えて、壁材や窓もみんな燃えて、即死できなかった者はおそらく何か言うだろう。何を言うだろうか。きっと一世一代の大喜利だ。今際《いまわ》の際《きわ》の、負け惜しみのブラックジョークだ。ビームなんて撃たなくとも、その手で頭蓋骨《ずがいこつ》を砕いてやってもいいし、その脚で内臓をシェイクしてやってもいい。至はバケモノの断面ならいくらでも見てきたが、人間の断面は見たことがない。妄想の中で友をぱっくりいくと、タケノコみたいな美しい層が顔を見せるのだ。タケノコでなければラテアートのような、とにかく線対称の芸術だ。人間は悪趣味な芸術品だ。至は日々、神さまの作った悪趣味な芸術品を守っているのだ。妄想の中で綺麗《きれい》さっぱりお釈迦になっていく友人たちを見送って、現実じゃなにもできない己の手に目をやった。ぢっと見ても、紫色の血管が落書きみたいに適当に引いてあるだけで、スーパーパワーが眠っている様子はない。そりゃ、殺そうと思えばいつでも殺せるかもしれないが、どんなに疲弊していても理性がそれを制止した。失禁しようと思えばいつでもできるが体は可能でも心がそれをさせないのと全く同じことであった。心の方さえ瓦解《がかい》してしまえば至はいつだって粗相できるのだ。これは勿論、至に限った話ではなかった。だからこそ至は、すぐにでも壊れてしまいたかった。何もかもがときめく暴の力によって台無しになる未来を、穴だらけの心にいくつもリーチを作りながら犬のように待っている。

「そういえばなんか下で署名求められなかった？」

「下で？　どこ正門？　私本部棟の方通ってきたから見てないかも。なんの署名？」

盗み聞きしたいわけではないが、無意識に至は耳を傾けていた。

「映画化反対のやつ、みんなを守るマンの。人死んだでしょ？　それで不謹慎だからやめるべきだって」

「え、あれってやめないの？　普通に中止だと思ってた。まあ署名するほどではないけど。めんどさが勝つ」

「わかるわかるうちもしてないもん。映画観たいしどっちかって言うと」

至は体中の筋肉が強《こわ》ばるのが分かった。また、みんなはみんなを守るマンの話をしている。人が死んだことだって知られているし、不謹慎だと声を上げる層が湧いている。幸い至が通った時には署名活動に勤《いそ》しむ活動家の世間知らず恥知らず大マヌケなんていなかったが、すぐそこにいることは確かだ。最初から誰にも許可なんて取っていない下衆の作ろうとしていた下衆アートの下衆映画じゃないか。何を今更偽善者の正義ごっこにカモられているのか。至は骨が軋《きし》むほど手首を握りしめながらそう思った。ああいうアホはいつも神聖な学《まな》び舎《や》にアホ思想を持ち込んで、あんなのは最早《もはや》法整備が必要なアホ犯罪じゃないか。アホ活動を止《や》めさせるための署名なら喜んで書いてやるというのに。血管にぎゅうぎゅうせっつかれる脳みそで至は毒づき続けていた。

至が頭の中で何百人目となる犠牲者を灼いていると、はたと、油が滴《したた》るような感覚があった。

「うわお前鼻血」

友人に指摘され反射的に顔を触ると、手のひらいっぱいに花嫁さながら綺麗な血がついた。

「え、ぶつけた？　大丈夫かよ洗ってこいまだ時間あんだから」

「ごめん、コーフンし過ぎた。コーフンよくするもんな、俺」

「興奮て」

友人は呆《あき》れたように、そして深刻さをわざと取り払うように演技っぽく笑ってくれた。それを見た周囲の学生たちも同じように笑ったが、教室を出ていく至を見る目は全く違った。前屈《まえかが》みになりボルトみたいな背骨を突っ張らせ、後ろ手で戸を閉める至は、なにか見てはいけないもののようだった。スーパーイヤーに届くのは、上原はどうしちゃったんだとか、何かよくないものにハマっているに違いないだとか、病気を患っているんだとか、可哀想で見ていられないとか、人が変わったみたいだとか、そういう困惑と畏れの言葉ばかりで、決して上原至が無能のスーパーヒーローだなんて発言は出てこないのだ。それが至は、にわかには信じられなかった。自分がこれまで作り上げてきた上原至の像を自分で忘れてしまっているから、自分がここのところ熱心に作り続けているみんなを守るマンの像に侵食されているから分からないのだ。みんなを守るマンを一番批判的な目で見ているのはいつだって至だった。

それでもみんなを守るマンはお構い無しだ。窓枠が西陽《にしび》を区切って四つの菱形《ひしがた》を等間隔に投げ出していて、至はその真ん中に突っ立って十字の影を浴びた。暖かい陽が鼻血の顔を神風主義に灼いて、すっかり慣れ親しんだ血の匂いが立ったかと思えば、次の闘いを告げる無情のサイレンが聞こえた。

9

彼が現場に着くと、今までに見たことないくらいおかしなものがいた。それも一匹や二匹じゃなくて、至がざっと目算を立てたところ五十はいる。みんなお揃いの白いヘルメットを被って、手には拡声器や旗なんかを持って、みっともない馬鹿声を上げている。

「地球外生命体は！　地球内生命体です！」

「人間の手によって作られた戦いをエンターテインメントにするな！」

全く悪寒が走ったが、残念ながらピーチクパーチクやっているのはみんなを守るマンが守らなくてはならない〝みんな〟の一株であり、誠に恥ずかしながら同じ地球の仲間であった。彼らは果敢にもみんなを守るマンにカメラを向ける言わばエンタメ層へ怒りを向けており、ついでに宗教めいた大法螺《おおぼら》を織り交ぜて陰謀論をうたっている。それより問題なことなんてあって欲しくはないのだが、カメラを構える勢力とメガホンを構える勢力の真ん中にみんなを守るマンの獲物が鎮座《ちんざ》していることが何よりの問題であった。

背の高いビルに囲まれた交差点の真ん中に、バケモノ。その右手にヘルメットを被ったバケモノ。左手にはカメラを担いだバケモノ。それらを頭上から見下ろすバケモノが一匹。いっそ心強いまでに地球人どもはシャバくイカれ腐って下品だった。本日のみんなを守るマンはやたら甘い匂いのする紙袋を被っていた。袋の真ん中ではうさぎのシルエットが動物実験反対を叫んで殴りあっている。恥辱的な趣があった。

さて、バケモノに囲まれてすっかり影を薄くしている生まれついてのバケモノがどんなご様子かというと、今日のはなんだか雅《みやび》であった。地球外生命体マニアも前のめりになるほどだ。犬が噛んだり引っ張ったりして遊ぶロープのようなものが、両端に結び目を作って自立している。手足はないが、横ではなく縦になっていることからある程度重力に逆らう生き物らしさが見て取れた。七、八メートルほどのそれはＫ一〇〇パーセントのスミベタで十六打ちのように織り込まれながら、所々美しい模様で彩《いろど》られている。マングローブよりもっと細かく、モザイクアートなんかを思わせるその肌は和柄《わがら》のようにも見えるし、エスニックな感じも、フォークロアな感じもする地球にはない美術であった。ロープの頂点にあたる箇所には同じく和風ともエスニックとも取れる面のような顔がくっついていた。現代アートに落とし込まれた藁人形《わらにんぎょう》のようにも見えた。

「みん守だ！」

カメラを担ぐ命知らずなミーハー勢力が至に気づいて歓声を上げる。どうも居心地の悪いスーパーヒーローは会釈をひとつ寄越してその美しくも気味の悪い人形のようななにかの前に降り立とうとした。

「すみませんが！　被り物を取ってもらえますか！」

今度はヘルメットの輩《やから》が叫んでそれを制止した。信じられないかもしれないが、至に向かって言っているのだ。

「頭の、それですよ、それ！　それ取ってもらうことってできますか？　誰だか分からない人に街をめちゃくちゃにされて、市民も怖がっているんですよ！」

たかだか五十人ぽっちが市民を代表して堂々と宣《のたま》った。ご丁寧にジェスチャーまで加えて紙袋を脱ぐよう命令しているのだ。五十人なんて他所《よそ》のデモと比較しても少ないだろう頭数でここまでの態度が取れるのは、地球外生命体に殺されるリスクを背負ってまでこんな近くまで来てしまう馬鹿の猛者、馬鹿の精鋭、粒ぞろいの馬鹿、エリート馬鹿だからだ。至にだって生活があるのだからそう易々《やすやす》とマスクを剝ぐわけにもいかないし、なにより一度馬鹿の言うことを聞けばその要求は次第にエスカレートしていくことなどよく知っていたため聞き入れてやる道理がなかった。

「我々はねえ、とっくに証拠を摑んでいるんですよ！　この殺戮《さつりく》ショーがみんな仕組まれたものだってねえ、ねえ！」

「バケモノとみんなを守るマンはグルですよみなさん！　だから安心してください！　あのバケモノは我々に危害を加える振りしかしませんよ！」

「海外で作られた非人道的な生物の実験計画が日本で進行しているんですよ！　黙って傍観していていいんですか！」

ない証拠を摑んだというヘルメット星人たちは口々に馬鹿を露呈《ろてい》して楽しそうだ。バケモノが危害を加える振りしかしないわけはなかった。あの十五人のことをもう忘れたのだろうか。至はまともでない生き物の主張を聞いているうちに自分は随分まともなんだと感心した。まだ大丈夫だ。まだ自分は闘えるし、人の心を持っている。人の心を持っているから、あの馬鹿どもの口をレーザーではんだ付けにしたりしないでいられるのだ。人の心に固執しながら、あるのかどうかも分からない心を想って彼は心臓をドキドキさせていた。最近至は、ドキドキ、ドキドキのＢＰＭを数えるために橈骨《とうこつ》動脈を握りしめる癖ができていた。親から貰ったこの血が、自分と地球とを繋ぎ止める真っ赤な鎹《かすがい》だ。内出血で黒ずんだ手首の、その黒ずみを縁取る黄ばみがなんだか世界地図の輪郭《りんかく》に見えた。みんなを守るマンは努力して地球を受け入れていた。

とりあえず彼はいつ動き出すかも分からないロープのバケモノの頭上に降り立って、仕方無しに声を上げた。

「ほんとにあぶねえよ、どっか行ってくれ。頼むよ、俺はこいつが爆発するかどうか知らねえんだ」

英雄の切実なスピーチに沸いたのはカメラの部隊であった。

「おお、本当だみんな守喋れるようになってる」

「しかもタメ口になってる、動画で見た通りだ」

『俺』だって！　『私』じゃないんだ！」

「おーい、なんで喋れるようになったんですか？」

その言葉でみんなを守るマンは全てを思い出し、そして恥じた。自分の言葉は誰にも伝わらないし、誰かに理解しようと思ってもらえることもないのだ。みんなを守るマンは今、英雄との対話を試みているが的はずれなうわ言しか喋らない連中と、英雄の活躍を楽しみにしているが、英雄が紡ぐ言葉なんぞにはまるで興味がない、寄り添うつもりも理解する構えもない連中の間で板挟みになっていた。いっそ地球人よりも足元で黙りこくるロープの方が今の彼を理解していた。

至が立ち尽くしていると、すぐ下で不気味に張り付いている面がするりと剝がれ落ちた気がした。実際には剝がれ落ちるような動作で柄が変わったのだ。プロジェクションマッピングみたいに柄だけ、凹凸はそのままに、音もなく。彼はぎょっとして思わず上から覗き込んだ。それがどこかで見覚えのある顔だったからだ。

「あれ！　顔が変わったぞ！」

その声を合図に記者会見みたいなフラッシュが焚かれて、至が思わず怯《ひる》みそうになった瞬間モザイクを編んでいた美しい繊維たちが弦のように解けて四散した。

至はこの時の光景を、生涯忘れないだろう。レンジで爆発した卵みたいに、目で追うことも不可能なスピードで辺り一面に膜が張られたのだ。ロープから伸びる無数の繊維はハイカラな柄を見せびらかしながらヘルメットの連中とカメラの連中両方を地面へ縫いつけた。みんな悲劇の瞬間に膜を張られた顔で、ストッキングを被っているみたいに引っ張られながらパクパク言っている。そのことから残念ながら即死したわけではないのが見て取れた。しかし、喜ばしいことにみんな今にも死にそうな顔をしていた。

考えるよりも早くみんなを守るマンはその膜に飛びついて引き剝がそうと試みた。青海波《せいがいは》にペンドルトンを混ぜたような美しい膜に爪《つめ》を立て力をかけるがこれがなかなか頑丈で、膜の下で鯉《こい》のように口を開け閉めする悲惨な人間たちが彼を焦らせた。レーザーならすぐに穴を開けることができるが、膜にぴったりくっついている人間ごと穴が開くのは自明であった。爪が割れ、そこからジョウロみたいに血が噴いて、骨が見え、R指定がついたところで、ようやく一人目を膜から引きずり出すことに成功した。いつも最前列でカメラを構えていた四十代ぐらいの男だ。

「ありがとう……ありがとう……！」

そのアリガトウという部分がみんなを守るマンにはよく分からないのだが、いかんせんその言葉を唱えられてしまえばまた呪《のろ》いのように涙が溢れた。一人目を引きずり出した穴を広げる要領で二人目は先程より速く、三人目はそれよりさらに速く救出することができた。そこで、ゼエゼエ言いながら出てきた四人目が急にロープ本体の方を指さし言った。

「ああっ、顔がまた変わってる！」

見ると、面はまるで時計のように目盛をつけて、一本の秒針をトコトコ右回りで動かしていた。秒針はＡＩが描いたみたいにデタラメな数ある目盛の四時あたりを越えるところにある。あれが一周するころがみんなのタイムリミットであることは直感的に理解できた。現場に緊張が走るが、至の頭は余計なブラウザを全部閉じたみたいにすっきりと軽くなった。多少手荒でも黙々と職人のように救助を続ける。中には気を失っている者も手足を溶かしている者もいたが引きずり出した後に関しては仲間同士でなんとかやっていた。カメラ部隊の方を全員助けきった頃、地面に広がる美しい膜はいくつもの穴が空いてハニカムみたいになっていた。至はすぐさま残り五十のヘルメット野郎の方へ飛び移った。いい加減な秒針は九時を回って、膜の下はなんだか汁気を帯び始めていた。悠々と水を転がす洗濯機に赤いインクを混ぜたみたいに、膜の後ろではピンクの泡《あわ》が蠢《うごめ》いた。ロープのような地球外生命体は恐らく消化運動を始めている。至は治りながら崩れていく指に鞭《むち》打って鮮やかなアートを引き裂き続けた。息も絶え絶えのヘルメットたちがニキビの芯《しん》みたいにぷりぷり吐き出されては横断歩道に並べられていった。例によってみんなを守るマン以外の全ての国民のための救急車が到着しており、皮肉にも頼もしく英雄を見守った。カメラ部隊より遅れたせいか膜の下のヘルメットたちは自分で這い出る力がなく、赤子のように殿様気分でただ助けられるのを待っている。意地悪な針が気まぐれな速度で十一時に到達しても、まだ二十人ほどが死にかけでキュビズムみたいな面を晒していた。全然間に合わない。絶対絶対間に合わない。百発百中間に合わない。単純計算でも四則演算でも微分積分でもどんぶり勘定でも間に合わない。八月三十一日みたいな絶望感が至の背中をノックし続けていた。

恐ろしいのは、至が今恐れていることは二十人のヘルメットが死ぬことではないということだ。爆発事故で十五人死んだときは命について随分考えたが、答えなんて出せないと分かった後残ったのは虚無的なまでの敗北感だけであった。みんなの死は、みんなを守るマンの黒星だ。それ以上の価値はないし、価値が変動することもない。だから至は助からない人間が生まれてしまった場合、みんなを守るマンがどのように非難されるかを考えているのだ。咄嗟にカメラの方から助けたのは彼が右利きであって、カメラの連中が右側にいたからという瑣末《さまつ》な理由だが、世間の愚か者共はそんなこと気づきもせずまた命に優先順位をつけていると吹くだろう。ヘルメットにもカメラにも甲乙《こうおつ》つけ難い嫌悪感と不快感を持っていたし、ジャンルの違う同じ質量の迷惑を被っていたわけだからどちらを助けたいとも思っていなかった。どちらも生まれてきて欲しくなかった、ただそれだけだったのに。連中はきっと邪推するだろう。至は邪推を恐れていた。ただの一度だって邪な推測が正しかったためしがないからだ。好き勝手言われて喜ぶ人間などいないが、なにより至は自分が差し出す曇りなき善行を穿《うが》った目で見られ、受け取ってもらえないことが虚《むな》しくて苦しかった。今更機械だと思われてもバケモノだと思われても構わないが、みんなを守るためだけに溢れている汲《く》んでも汲みきれない愛を馬鹿にしないで欲しいのだ。自分でもなぜこんなに地球人を愛せているのか分からないまま、赤ん坊が母親を求めるみたいに愛を待っていた。死なないからといって命を懸けて守りたいと願うほどの慈愛が道端《みちばた》に転がっているだろうか。至は愛着だと信じているが、実際のところは愛かどうかも怪しい執念がいっそ求道的に膨らみ続けているのだ。ひとまず愛と仮定されたそれが彼をこの世界に縛り付けて、今更後には引けなくなっていた。愛じゃなければ馬鹿みたいだからだ。愛だって充分すぎるほど馬鹿みたいな動機だが、それさえないのならそれこそこの星の奴隷になってしまうのだ。やらされているなんて思いたくなかった。自主的に英雄をやっていると騙《だま》したかった。至に迫られているのはいつでも奴隷と英雄の二択だ。それ以外の選択肢はない。どうせなんの見返りも求めてはいけないのなら、より悲惨で、よりドラマチックな方を選んだ。自分の行いが間違いでないと証明してくれるのは、みんなを守るマンに守られた人間だけなのだ。それだけが頼りで、それらに見離されれば投了のお遊戯《ゆうぎ》なのだ。頼まれてもいないのに愛し続け、頼んでもいないのに裏切られ続ける上原至は奇跡の英雄野郎だ。虚しくて見ていられない一対八十億の片《かた》想《おも》いがここにはあった。そんな自己保身から彼は今、生まれてきて欲しくなかった生き物たちを必死に掘り出している。頑張れ、頑張れと大の大人の声援が至の背中に投げつけられるのと同時に、この期《ご》に及んで暴力的なシャッター音も鳴り止まなかった。微かに息のあるヘルメット人間をどうにか引っこ抜く度歓声が上がってここが現実である実感を希釈した。あと少しだった。あと少しでみんな助かる。全員助かる。また誤解を生まずに済む。みんなを守るマンはみんなの味方だと、少しは信じてもらえるだろうか。一人でもそう感じてくれるだろうか。不器用で手際が悪くてどうしようもない、カッコ悪くて情けない自分のことを好きになれるだろうか。好きになってもらえるだろうか。感覚のほとんどなくなった両腕にぐっしょり濡《ぬ》れたヘルメットを抱き抱えたところで、馬鹿の歓声とは違う声がひとつ放られた。

「もうだめだよ」

「うるせえ、そんなことない」

「もうだめ、時間切れです」

「うるせえ、黙れ、黙ってくれ」

「お終《しま》いお終い、もう意味ないよ」

「うるせえな、うるせえ、うるせえんだ」

「初めから時間なんて足りなかったんだよ」

「うるせえんだよ、ずっとずっと……」

「…………」

「ずっとずっと、ずっとずっとずっと、俺はもう、もう嫌だよ、なんで？　なんでなんで、なんで？　嫌だ嫌だ、嫌だ嫌だ嫌だ、嫌だ、嫌、嫌だよ、嫌だよ、なんでだよ、許してよ、許してよ……」

例の面はタイマーを引っ込めてまた人の顔に戻って、敗北に塗《まみ》れる英雄にゲームオーバーを説き続けるのだ。流暢《りゅうちょう》で滑舌の良い、誰の声にも聴こえる鏡みたいな声色をしていた。至は聞き分けの悪い駄々っ子みたいにしゃくりあげながら残りの肉片を掻き集め、祈るように恭しく救急隊員のもとへと運んだ。隊員はみんな悲鳴を上げて、至とその肉片たちに背を向け逃げ去った。みんなを守るマンはその光景があんまり悲しくて、悪い夢の中にいるんじゃないかと勘繰った。冷たいなにかを胸のところでギューと抱き締めて、プチッといくまで力を込める。血の霧雨《きりさめ》が降って、紙袋の中の不快な甘いバスボムの匂いは無理やり生き物の臭いで上書きされた。

彼のレーザーが狂気を孕《はら》んでロープを八つ裂きにする間も、嫌味な面はころころ顔を変え続けていた。面が今日見せたのは全部、みんなを守るマンがこれまで救ったり救えなかったりしてきた地球人の顔だった。全く芸のない仕事だ。これではこの間の喋る猿とまるきり同じだ。これはバケモノたちはみんな至のことを認識しているんだという忠告であった。しかし忠告なんて専横的な色味はなく、もっと底気味悪い執着のようななにかが眠っている気配がしたのだ。

現実は、覚悟していたよりいつも酷かった。みんなを守るマンの見事な活躍によって十七人が死に、四十人が寝たきりになった。悲劇の生還者のもとへ各社マスコミが押し寄せてそのはしたないマイクやカメラでもって乱暴に乱暴するのだ。

「みんなを守るマンは、人間でしたよ。そうでなければ神様ですよ、あんなものは……」

白いコルセットと白い包帯の間で、青髭の口がそう語った。

「私は見ましたよ、あれが泣いているのを。もしかすると、我々が考えているようなサイボーグやUMAなんかじゃないのかもしれないなと、思いましたよね」

お皿の上のお魚みたいに白い目をした男は、車椅子にかけたままそう語った。

「十七人死んだんじゃないんです、十七人しか死ななかったんです！　私は本当に運が良かった……みんなを守るマン、これを見ていたらこの場を借りて感謝します、本当に本当に感謝します！」

全身の毛がなくなって豚色に火照《ほて》る女は涙と唾を溜めながらそう語った。

小学校の一クラス分ほどの地球人が死んだだけだが、戦争やテロでも、自然災害や交通事故でもないイレギュラーな不幸によって失われた命だったため注目を集めているのだ。人は恐怖したとき、その恐怖から逃れるため、その恐怖が自分とは重なって欲しくないという思いから、被害者と自分を遠ざけようとした。被害者がなんの罪もない、つまり自分と同じ立場の人間であれば、被害に遭っていたのは自分だったかもしれないしこれから自分だって同じ被害に遭う可能性があると恐怖しなくてはならないが、被害者が自分とは違う人間であれば余計な共感から悲劇に怯えずに済むわけだ。なんの罪もない人間を、なんの罪もなかったと認めたくないのは同じ立場に立たれたくないという身勝手な突き放しなのだ。だからみんな被害者の穴ばかり探した。通り魔殺人にあった被害者を、そんな時間に出歩いている方が悪いと罵《ののし》るのはそのせいだ。それにしても今回のケースは目に見えて罪のある連中だらけだったため、被害者を責めるのに手間はかからなかった。英雄が行った涙ぐましい人命救助の様子を語り継ぐことのできる生還者はありがたいと持《も》て囃《はや》され、おしゃべりな口を失ったおマヌケ共は馬鹿なことをしたもんだと謗《そし》られた。自分から危ない場所に行くのが悪い、みんなを守るマンの忠告を聞かないで迷惑をかけたのが悪い、どれも妥当な意見だが、今頃になってそんなことを認識し始めても遅いのだ。そんなのは全部至がずっと思い続けていたことだ。

「至くん、大丈夫？」

絶え間なく流れ続けるチープな報道番組を急いで消しながら辿がリビングに入ってきた。テレビの真正面のソファで膝を抱える至の隣に座って、その顔を覗き込む。

「ママ、もうすぐ帰ってくるよ。久しぶりに一緒にご飯食べようか」

それは困るな、なんてボンヤリ考えながら返事をするのも忘れて弟を見る至は、この世に生を享けたときの姿からは考えられないような修羅を宿していた。辿はいつでも元気そうだ。彼の存在は至にとって、剣山みたいな地球で両足を下ろせる数少ない安息の地であった。

「辿」

オバケみたいな嗄れ声が出て、至は自分でもちょっと肌が粟立《あわだ》つのが分かった。だけど辿は怯えたりせずに優しく兄を見つめ返している。

「た、た……あー、辿。聞いてよ、あの、あ、喋ってもいい？」

「いいよ。聞くよ」

「顔がな、顔がついてて、ついて、ついてた、ついてたんだ。いつものあの、チキューガイセーメイタイにだぜ。そう、それでな、顔はさ、みんな俺の知ってる、知ってるって言っても友達とか、家族とかじゃなくて、知ってる他人なんだ。他人とも違うな。俺の知り合いじゃなくて、みんなを守るマンの知り合いっつうかさ、わかるかな、人を助けるとき、見たことある顔なんだ、あのさ、あの女子高生もいたよ、似てたよ、怖かったよ」

「あの女子高生って、ネットで有名だった人？　りい守のことかな？」

「……ウン、それだと思う」

りい守はもういない。現場に来なくなっていたのを、至は薄々勘づいていた。本格的に体調を崩して通院を始めて、その病院で担当医に惚《ほ》れたのだ。地球外生命体の出す有害物質によって体を侵された異例な彼女を、医者は特別扱いしてくれた。英雄はみんなをほとんど平等に扱うが、医者はりい守のことを知りたがってくれたのだ。彼女にとって必要なのは捨て身の慈愛ではなく、分かりやすい特別扱いだった。手の届く距離感で特別扱いを受けることができるのならわざわざ英雄の仕事場まで出向く必要もない。みんなを守るマンに惚れ込んでいたことなんか一時の気の迷いだったと走馬灯からもカットするご予定だ。みんなを守るマンはそんなことつゆ知らないが、りい守のような人間は掃いて捨てるほど存在した。至はみんなのことを決して忘れなかったが、みんなはみんなを守るマンのことなんて右を向いて左を向けば忘れることができるのだ。替えのきかない仕事をしていたってこのざまでは、政治家も芸能人も各種競技選手も作家も同じようなものだった。同じ熱量を保《たも》って仕事をしていたって、同じ熱量で愛され続けようなんて無謀だ。顔も名前もなさそうな通行人Aにだってあくびが出るような人生があって、それを全部欲しがるのは欲張りなのかもしれない。

「至くん、ニュース見てたの？」

「見てたっつうか、ウン……つけてただけ」

「そうなんだ。でも、でもさ、良かったね。みんなを守るマンに感謝してるって声が大きいし、それにそれに、悪いのは近寄っていった人たちだってみんな思ってるし」

汕は慰めるような調子で続ける。

「至くん知らないかもしれないけど、至くんの見てないところでいっぱい感謝されてるんだよ。至くんがいなくちゃ、みんな死んじゃうんだから。至くんが助けてる数の方が多いってことなんか、みんな知ってるんだから」

静かに涙を流す兄を憐《あわ》れむことも、恥じることもなくあやす汕は、今この場にいない親のような大人びた顔をしていた。それでも至は信じられなかった。信じるのには莫大《ばくだい》な勇気がいるし、裏切られた時のための体力や精力もいる。疑うことはしんどいがある種の自傷行為と同じような救いを含んでおり、体力や気力がなくとも選択可能なコマンドであったが、信じるというコマンドは健康でないとなかなか選べなかった。疑うことも信じることもできないお手上げのときたった一つ残されているのが従うという尊厳を殺した選択肢なのだ。今の至には人々を信じるほどの体力が残っていないが、疑ってかかるくらいの余力はあった。

「でも、でも俺、こんなこと続けらんないよ。もう無理かも、もう次は無理かも。今はよくても、もうだめだ。もうだめだよ俺。すぐやらかすよ。すぐ酷い目にあう気がすんだ、次はもっと。もう限界だ。そしたら今度こそ誰も、みんなを守るマンのことなんか嫌っちゃうよ。俺、笑っちゃうかもしんねえけど、嫌われたくないんだよ」

「誰も嫌わないよ」

「嫌われてるんだ、嫌われてるんだよ。そんで、みんな俺のことなんかどうでもいいんだ。俺にはみんなしかいないのに、みんなには、みんなには俺以外がいっぱいいるんだよ。わかんねえと思うけど、俺にはそうとしか思えないんだよ」

「みんなしかいないって、みんなって誰？　みんなしかいないってのは、ちょっと日本語が変だよ」

「みんなは……俺の………」

至はそこまで言うとどこを探しても次の言葉が見つからないのでしょぼくれてしまった。涙を喉の奥へポタリポタリと落としながら、まるで迷子のように要領を得なかった。

「至くん。至くんには俺もママもいるよ。ばぁばもいるし、じぃじもいるよ。友達もいるでしょ。彼女はいないけど」

それだけいても、まだ他を欲しがるのは贅沢《ぜいたく》なのだろうか。至は段々恥ずかしさが込み上げてくるのが分かった。急に自分が世界で一番の欲張り屋に思えてきたからだ。人間はみんな、慎ましく与えられた世界でだけ身の丈にあった愛を求めるべきなのだろうか。どうして自分は、助けたら助けた分だけ愛されたいと願ってしまうのだろうか。いやしんぼだ。みんなを守るマンは図々しくて厚かましい、欲深くて恩着せがましいいやしんぼだ。そう思えて死にたくなった。自分を苦しめるのはいつも自分だ。部外者が犠牲者の非を探すように、至は自分のなにがいけなかったんだろうと頭を捻《ひね》った。もっと謙虚に生きなくてはいけないのだろうか。誰にも助けてくれだなんて思われていないんじゃないだろうか。自分は命懸けで救ってやった気になっているけれど、他人からしたらなんてことない出来事なんじゃないだろうか。紙袋なんて被って逃げ腰でいるからいけないのだろうか。アメコミのスーパーヒーローとは似ても似つかない体たらくで、毎度お見苦しい泥仕合を展開しているからいけないのだろうか。そうだ。至は妄執を現実だと信じ始める。愛想もユーモアもないくせにひたすら不気味でグロテスクだから、お子さまにも支持されるはずがないのだ。自分に実力がないから、至を人間扱いしない特撮オタクやＵＭＡオタクに付《つ》け狙《ねら》われるのだ。自分に説得力がないから、きな臭い連中の政治や宗教を模《も》した詐欺《さぎ》行為に利用されるのだ。自分に魅力がないから、なにかを応援することを自分のステータスの一部としか見られない浅はかな女子高生なんかのおもちゃにされるのだ。自分に才能がないから、才能がないから。

「才能がないからみんなを守れないんだ…………」

躍起になって自己批判を続けるのは、自分に非がなければ理不尽に押しつぶされて正気を保っていられないからだ。可哀想に至が苦しんでいるのは、どう辛く解釈したって至のせいではなかった。至は完膚《かんぷ》なきまでに一方的な理不尽によって人生を蹂《じゅう》躙《りん》されていた。

「至くんのせいじゃないよ。至くんには才能しかないんだから」

「やめてくれ、やめてくれ、俺が悪いんだ、俺が全部悪いんだよ」

「至くんは何も悪くないよ、本当だよ」

「やめてくれ辿、俺が悪いんだよ、俺が悪くないなら、俺は」

永遠みたいなしじまに、液体窒素みたいな涙が永い永い時間をかけて流れ落ちた。

限界だった。

「俺は一生助からない」

もう本当に、死んでしまいたかった。

11

ママに今の自分を見られるのは怖いからと言って、至はリビングに弟を残し自室へと逃げ帰った。兄の去った部屋で辿がもう一度テレビをつけると、未だにみんなを守るマンの特番が続いていた。それを消して他の配信サイトに飛んだって同じで、どこも血みどろの英雄の話題で持ち切りだった。三十二人死んで、さらに大勢がそれを間近で見てようやく彼の存在が認められ始めている。あの日何があったのかを被害者ベースで悲劇調に語るドキュメンタリーや、ロープの地球外生命体ベースで恐怖の超常現象をオカルトチックに紐解くワイドショー、今後人類がみんなを守るマンや地球外生命体とどう付き合っていくべきか、どうすれば命が助かるのか真面目な顔で討論し答えを出す啓蒙《けいもう》放送など、沢山の大人が沢山のお金の匂いを嗅ぎつけて随分スピーディーな仕事をしていた。猥雑《わいざつ》で悪趣味で侮辱的なエンターテインメントの中で、辿の目に留まったのは緊急のニュース速報と、その中継だった。

都心を少し外れた大きめの駅に、いるはずもない地球外生命体のようななにかがでかでかと映っている。真っピンクのゴジラみたいな、地方ラブホテルのシンボルみたいなハリボテがいるのだ。辿は一目でそれが地球外生命体の贋作《がんさく》だと気づいたが、そんなものが作られている意図が分からない。音量を上げようとしたところで、陽気な声が聞こえた。

「ただいまー。息子たち、いる？　お腹《なか》すいたよねー」

「おかえり。至くんは外で食べてきたって。あとなんか部屋で電話中みたいだから、来ないでって言ってた」

「つれないねぇ、さみしいねぇ。お年頃かなあ」

二階に上がれば悪魔みたいな顔をして泣きくれている長男に会えるなんて知らない彼女は、帰宅してから一度も腰掛けることなくてきぱきと夕飯の支度《したく》を済ませた。いつも通り、ダイニングテーブルに向かい合って座り手を合わせる。彼女からはちょうどテレビが目に入る位置だ。

「あれ、何見てたの？」

「なんか、ニュースなんだけど、つけてていい？」

「いいよー。最近の小学生ってニュース見るんだねえ」

辿は母親が帰ってきてからもずっと注意深く中継を見ていた。どうやらあの拙劣なオブジェはみんなを守るマンを誘《おび》き寄《よ》せるためのトラップであり、逆案山子《かかし》のような意味を持つ装置らしいのだ。三十二人が死に四十人が寝たきりになってようやく重い腰を上げた大人たちによって作られた地球外生命体及びみんなを守るマン対策本部さまの、相当お利口なおつむで練られた製作がこれだった。滑稽至極の大作戦だ。

「なになに、なんのニュース？　あれなに？」

「あれはねママ、多分だけどみんなを守るマンを呼ぼうとしてるんだよ。ニセモノの地球外生命体なんか作ってさ、みんなを守るマンが現れると思ってるんだ」

「えっ、面白いことしてるね。政府がやってるの？　市？　でもそんな、動物じゃないんだからさ、騙されるのかなー？　っていうかこんなこと大々的にやるってことは、ほんとに宇宙人なのかな？」

「騙されるわけないよ……でも、動物かなにかだと思ってるみたいな罠《わな》だね」

「みんなを守るマンの方が地球人より賢いっていう話も聞いたよー？　怖いよこんなことして怒らせたらどうするんだろう」

「……怒ったりはしないと思うけど……ていうか、ほんとに呼び出せるなんて思ってないと思うよ。半信半疑でやってるんじゃないかな。みん守との接触ができてもできなくても、この人たちはちゃんと動きましたからねって世間にアピールできるでしょ。だから、みんなを守るマンに向けてっていうより、お茶の間に向けてやってるって意味合いが大きいんじゃないかな。賢い人たちが集まって本気でこんなことやってたら引いちゃうよ」

「ええ、辿ってやっぱり頭良いよねえ。そんなことまで考えないよ普通」

「普通考えるよ」

「普通の小学生は考えないよ！　辿は天才なんだよー、誰に似たんだろうね。まあ、お兄ちゃんも頭良いもんね」

辿が今みたいにませた長ゼリフを喋るとき、彼女は少し複雑そうな顔をした。聡明《そうめい》で、博識で、大人びているのは、親として誇らしいことであるのと同時に疎外感に似た寂しさを感じるからだ。彼女は頭が良くなかった。子どもは大人よりストレージに空きがあるから日々を忙しく過ごしていたら見逃してしまうような知識でも躊躇《ちゅうちょ》せず拾っていくのだ。なにかを理解させられるのが苦痛である彼女には、永遠に分からないことだった。これ以上新しい情報は得たくないし、読書クラブの友人たちが次々と展開していくソースなき陰謀論や終末論なんて微塵も脳に聞かせたくなかった。

「…………そういえば、話を戻すけど、前にもインフルエンサーがみん守を呼び出そうとしたことがあってね、その時は……」

あの時みんなを守るマンは相手にしなかった。辿の記憶では鼻で笑っていたが、今思うと今回のバカ丸出しにも見えるオブジェ作戦は、インターネットで呼びつけたんじゃ意味がないという学びから導き出されたものなのかもしれない。なんにせよ辿には同レベルの幼稚な企《たくら》みにしか思えなかった。

「みんなを守るマンは、ほんとに困ってる人がいなきゃ出ていかないよ」

「そうなんだ。本物のヒーローだねえ」

では偽物のヒーローとはなんだろうか。辿は本物というフレーズを拾ってしばし哲学した。上原至は本物のヒーローと呼んでもよいのだろうか。至を英雄たらしめるのは至に宿されたスーパーパワーなんかではなくて、世間の評価だ。彼を英雄と呼び、英雄として迎える社会があってこそ彼の暴力は英雄性を得る。では彼の人生が超常現象や天災の一部として扱われるとしたら？　辿は液晶奥の雁首《がんくび》揃えたマヌケ面をじっと睨《にら》んだ。卑猥《ひわい》なハリボテの横で詐欺師みたいなコートを着ているのが、地球外生命体及びみんなを守るマン対策本部大臣だ。傍《そば》には何十人もの警備隊を引き連れ大層な重装備であった。ピカピカの盾が投光器に照らされて凶悪な影を作っている。地球人さまはとても友好的には見えなかった。

「ねえねえ、呼び出して、どうするの？　お話できるの？　みんなを守るマンって」

「多分だけど……直球で訊くのかな。あなた一体どこから来た何者なんですかって。俺の友達でも思いつきそうなことだけど」

「みんなを守るマンも普通の人間だったらどうするんだろうねえ。家族がいないいなんて方が、あんまりイメージできないなぁ」

「家族が？」

「奥さんや子どもはいないかもしれないけど、それでも親はいるのが普通じゃない？タマゴから生まれたとしても」

彼女の説く〝普通〟は、まぶしいくらいに幸福な地球人的〝普通〟であり、偉い大人たちが頭を突合せてウンウン唸《うな》ったって一生かかっても出てこない真実であった。

ドンピシャ、花丸、大正解、みんなを守るマンには親がいるのだ。相手に親がいるなんて毛ほども考えられない人間たちが他者を傷つけずに動けるはずもなかった。

「ママはもし、みんなを守るマンが……ママの知ってるひとだったら……どうする？」

　汕が顔色をうかがうようにおっかなびっくり言葉を並べると、彼女は箸を置いた。また大袈裟に首を捻る。本人は真面目なつもりだが、ほとほとひょうきんな人だ。

「ママのねえ……職場の人とかだったらびっくりしちゃうけど……ダメだ気になって色々訊いちゃうな！　ママデリカシーないの！　いつからスーパーマンになったんですかって！　あと修業とかしたら誰でもできるようになったりしないかとか、あと……ああ、ていうかなんで働いてるんですかって訊くかな。スーパーヒーローしながら普通に働いたりできる？　ママなら絶対無理だし、やっぱ夢がないけどそんなこと訊いちゃうかなあ」

　一息に話す彼女を見て、汕はなんだかホッとした。いざ本当に息子がみんなを守るマンだと知ったら今みたいに明るくは振る舞えないかもしれないが、今見せたやかましいまでに楽観的で他人事《ひとごと》な振る舞いは、そんな可能性については考えたこともないということを表していた。おめでたい人だ。汕は思った。おめでたくて、ありがたくて、この世界を守るスーパーヒーローの母親として適任の、素晴らしい人だ。

「汕だったらどうするの？　お友達のお父さんとかお兄ちゃんがみんなを守るマンだ

ったら」

「俺？」

テレビに釘付《くぎづ》けだった視線が、初めて母親の方へと戻された。

「応援するよ、だってきっと、辛《つら》いところを沢山見ることになるから」

かわいい前歯を覗かせながら、汕はそう言った。それから名前のない、どこの地域の食べ物でもないやたら旨《うま》い創作料理を綺麗に平らげて、くだらない生中継をブツリと消すと足早に二階へと向かった。

ノックも無しに兄の部屋のドアを開けると、パイプベッドに抱き止められて眠る英雄の姿があった。汕が傍に座っても起きる気配がないほど深く眠っている。子どものように罪を知らない、起きているときにはもう拝めない静穏な寝顔だ。

「至くん、今話してもいい？」

英雄は麻酔が切れたみたいに苦悶《くもん》の表情を浮かべると、弟の姿に跳ね起きてベッドの上で姿勢を正した。拍動の音がアラームみたいに鳴って彼の神経をビリビリと揺さぶり起こし、眠りこけていたことが罪かのように慌てて目を白黒させた。眠っている間は恐ろしいことを考えずに済む、唯一の安息なのだ。だからこそそんな場所に逃げていてはいけないんだとまた勝手な思い込みから眠ることにすら罪悪感を抱いていた。

「た、汕……え、ま、ママは？　あれ、何時？　今……」

「ママは下にいるけど、部屋来ないでって言ってるから大丈夫だよ。あの、起こしちやってごめんね？」

唾を飲み込む音が聞こえるくらい、なんだかシンとしていた。至は寝汗で冷たくなったシャツを肌から剝がしながら、健康な笑顔を繕《つくろ》って弟に椅子を引いた。

「今下でニュース見てて、あんまり聞きたくないかもしれないんだけど……」

「ニュース」

「うん。一応言っといた方がいいかなって思って。えっとね、ニュースっていうか、生放送してて、大人が大勢でね、みんなを守るマンを呼んでるんだ」

みんなを守るマンを呼びつけることができるのは、あの地獄みたいなスーパーレーダーからの呼び出しだけだ。至がそこまで嫌な顔をしなかったのを見て、汕はすぐに部屋のテレビをつけた。あのおぞましい放送は未だ続いていて、彼らはみんなを守るマンが登場する気配もないのを察してどうでもいい的外れな見解や今後の方針について述べ始めている。

「なにあのデカいの」

「手作りの地球外生命体」

「みんなを守るマンって馬鹿だと思われてんだ」

馬鹿だと思っていないのなら相当な馬鹿だ。至は鼻で笑った。マキヤの時から地球人は何も成長していない。

「まあ、こういうことをしてる人がいるよってだけで、至くんが気にすることじゃなかったね、ごめんね。でもこれでさ、みんなを守るマンは政府の作ったものなんかじゃないって思う派の人も増えるんじゃないかな」

「これも全部茶番かもって思うやつは思うよ」

至は冷静だった。疑う人間は永遠に疑い続けるし、同時に信じたいものを永遠に信じ続けるのだ。人工的な地球外生命体の模型が妙に彼の神経を逆撫でしているのは、彼がこれまでみんなを守るマンとして真摯に闘ってきた全ての本物たちに多大なる恐怖と、そして愛着を芽生えさせてきたことを表しているようだった。本物のバケモノはもっと美しいのだ。彼が誰より近くで見てきた地球外生命体とはぞっとするほど芸術的で、全てが自然で、どこもかしこも不自然で、頭で考えても解《わか》りっこないアンチノミーを担いでいる、脊髄で厭悪《えんお》すべき存在のことだ。

「そっか……でもでも、ママみたいなタイプの人ならそこまで考えないから、やっぱり前よりは世間の風向きも変わると思うな」

まん丸の目でテレビと兄を交互に見ながら汕が言った。汕はいつも兄を元気づけようと健気《けなげ》に振る舞ったが、そこには決して、みんなを守るマンの機嫌を損なったら自分の命が危ないなんて類の自己保身的なおべっかは含まれていない。汕はいつでも弟として振る舞った。それがただ一つの正解だからだ。

少し長い沈黙の間、黙って最低な番組を見守っていた至が、不意に口を開いた。

「これ、行ったらどうなんだろ」

「えっ？」

「これさァ、行ったら、俺、どうされるんだろ。気にならねえ？　これよ、引っ捕まえられて、人権も無視に体中調べたいとか、映画だと、そんな感じだと思うんだけど……」

「わ……わかんないけど、至くんだったら行ってもそんな、地球人に捕まえられたりしないでしょ。えっ？　至くん、行くの？　マキヤの時は行かなかったのに？」

「……行かねーなら行かねーで、またなにか言われるんだよ、辿。行っても行かなくても、みんな俺が気に入らねえんだ。俺はみんなを守るマンなんだから、そっとしといてくれって。一言言えればいいんだ。俺はみんなを守るマンなんだから、そっとしといてくれって。いや、私だったっけ。俺の一人称は」

口元には不健康な笑みを浮かべているが、声はずっと震えっぱなしだ。それが怒りなのか悲しみなのか辿には分からないが、強がりやけくそなんかではないのは伝わった。しかし、今の至があんな場へ行ったって、彼が報《むく》われたりするはずがないことだって明白であった。

「行かない方がいいよ」

辿の言葉は、スーパーワープに置いてけぼりにされていた。

12

白無地の紙袋で、彼は現れた。悪趣味な地球外生命体模型の脳天で踵《かかと》を上げたまましゃがみこみ、猫背の蹲踞《そんきょ》の形をとった。ここからはケダモノのカメラも、恥も外聞もない黒山もよく見える。誰かが叫んで、投光器が一気に彼の影を黒く飛ばした。夢や幻や、トリックや仕込みじゃなく、確かな血の流れる英雄が、みんなの前へ降り立ったのだ。あまりに突然、なんの前触れもなく姿を見せたものだから、一瞬時が止まったようだった。奇跡でも見たかのような圧倒的な恐懼《きょうく》がその場を支配し、確かな混乱と興奮が波立つ。神秘的だった。

「みんなを守るマンが現れました！　現れました！　今現在時刻は二十一時に差し掛かったところ、えー、いつものように、紙袋を、白い紙袋を被ってですね、地球外生命体レプリカの上に座っています！」

一時の神聖な空気を突き破るようにキャスターが声を裏返らせて叫ぶ。各報道局にも熱が入り始める。よく見ると、この件の首謀者であるナントカカントカ対策本部だけではなく様々なメディアに加えいつものみんなを守るマンマニアも顔を並べて一堂に会していた。よくもまあ揃いも揃ってこんな土手カボチャが集まったものだ。至は冷たくなっていく心とは裏腹に心臓がジャカジャカ血を送って内側から火傷しそうになる感覚をじっと味わった。スーパーアイで探したってあの仰々しい防護盾の他に武装の様子はない。至はこれを、みんなを守るマンへの信頼や友好なんかではなくて、平和ボケとカチコチの頭から来る病的な安全思考の表れだと感じた。銃火器を持ち出してバッシングを受けるのと銃火器を持ち出さず被害者を出すのでは後者を選ぶのだ。彼らの安全はこの世で最もカモ丸出しの危険だった。のんきなカモの群れ中の、最もいけ好かないコートの男が拡声器を握る。

「この度は、我々のもとにお越しいただき誠に感謝申し上げます」

至にはなぜだか、日本語には聞こえなかった。

「我々一同は、是非貴方《あなた》さまと今現在各地で湧き起こっている看過できかねる事故、えー、事故とも言える天災のような現象に関して惟《おもんみ》る機会を作っていきたいと考えております」

なにがなんだかさっぱりだった。ティックトックのコメント欄にいるお先真っ暗の小学生でももう少しマシな日本語を喋るし、かばん語やナッドサット語の方がもう少し人間の感性に合っている。無理やり放り出しているみたいなおべんちゃらは臭くって嚥下《えんか》しようという気にもならないのだ。至でなくたってそうだ。みんなを守るマンは臭い茶番に付き合いに来たわけではない。一言言いに来た、本当にそれだけなのだ。スニーカーの中までぶるぶる震える体をなんとか押さえつけ、至は言葉を用意した。喉の奥、心のどこか煩瑣《はんさ》な場所に、大切に仕舞われている本当の言葉を、眩暈の上から探し出すのだ。心窩部《しんかぶ》からグツグツと悪心が沸き上がり冷たい汗が這った。本当に怖いのだ。ほんとうに本当に、本当に怖いのだ。本当のことを言うのは。嘘を否定されるより真実を否定される方が怖いのは、スルメでも理解できる当たり前のことだ。嘘なんてデコイ、いくら蜂《はち》の巣《す》にされたって痛くも痒《かゆ》くもないが、真実を受け入れてもらえなかった時、傷つくのは本体だ。だからみんな本当に傷つけられたってい い人以外には嘘しか話さなかった。嘘の夢を語って嘘の愛を語って嘘の死生観を語って嘘の神さまに嘘の祈りを捧げ嘘の赦《ゆる》しを貰い嘘解脱でも嘘復活でもなんでもやった。大切な大切な本当を晒すことは、死んでしまうほどの傷を負うリスクを背負った最大の愛情表現なのだ。同時に真実は独りよがりな暴力だから、受け取り手にだって愛が必要だった。至は自分の中にある汚い真実を、慰めるように優しく確かめた。自分の言葉を喋るのがこんなにも恐ろしいのは、みんなの中にあるみんなを守るマンから離れて失望させたくないからだ。それだけの単純なことだった。毎回毎回これ以上ないくらい醜態を晒して、飽き飽きするほど不甲斐《ふがい》ない自分を、それでもまだ信じたり、愛したりして欲しいのだ。一度自分を受け入れた人間に突き放されることより怖いことはなかった。みんなを守るマンは長い間ずっと、バケモノなんかより地球人たちの目が怖かったのだ。どうにか息を整え、至はみんなを見据えた。緊張に強ばる英雄を、人々は神妙な面持ちで見守るしかなかった。英雄がいつも紙袋の中で半泣きになっているなんて誰も思わないのだ。

至はパッとコートの男が立つ台までワープしたかと思うと、その手に握られた拡声器だけ奪い去ってまた猥雑なレプリカの旋毛へと戻った。誰かがなにか言う隙も与えない、ほんの二、三秒の出来事だ。

「俺が言いてえのは一個だけなんだ、だから聴いてくれ。頼むよ。俺はみんなを守るマンなんだ。みんなを守るために………いるんだ。みんなを守るためにいるんだよ、それだけだよ。ジャマしないでよ」

血が吹き出そうな枯ら声が、電子的なノイズを潜って時化空に放たれた。本当に、祈りのような言葉だった。一拍置いて、群衆が色めき立つ。貴重な英雄さまのありがたいお言葉だ。カメラを回すＴＶクルーやインフルエンサーはお茶の間に向けて早口で意訳を交えながら復唱し、マニアの面々はきゃあきゃあと声を上げて喜んだ。コートの男たちは別のメガホンを取り出してまたみんなを守るマンに向け口を開く。

「お答えいただき誠に感謝申し上げます！　では、貴方さまは我々と協力態勢を取り、えー今現在発生している問題について前向きに対応していこうとえー、そう考えておられるということでしょうか」

「いや……」

「では、不躾《ぶしつけ》で大変恐縮ですが、協力態勢を取る第一歩としまして、えー、その証拠と言いますか、国民に安心感を与えるためのほんの些細《ささい》な証明として、その紙袋を取っていただくことは可能でしょうか」

そうだそうだと野次が飛んだ。このマスクを脱いだってトビー・マグワイアが出てくるはずもないのに、なにが見たいというのだろうか。人間たちははしたない野次馬根性で至のプライバシーを侵害したいのだ。ベビーフェイスのフリしたとんでもないヒールが揃い踏みだった。

「やだよ、無理だ。俺はそんな、そんなつもりはないよ。見たって面白くないよ。べつにさ、基板が見えたりもしないし、牙《きば》がしまってあるわけでもないからいいじゃん。よそうぜ、協力態勢なんてとらないし、ほっといてくれっつってんだよ」

「はいはい！　取れないのは普段は人々に溶け込んで生活してるからですか！」

今度は別の方角から、マニアが叫んだ。スーパーヒーローのマニアらしい発想だ。そして便所の落書きみたいな陰謀論とは違ってその考察は当たっている。

「……とにかく、無理なんだよ……」

図星だったから咄嗟にそうだよなんて肯定してしまいそうになったが、よく考えたら〝人々に溶け込んで〟というのはまるで至が人ではないなにかだと断定しているようなものだった。それに、世間はみんなを守るマンがみんなを守っていない間のことなんて知りたくないかもしれない。だから至は踏みとどまった。まるでアイドルだ。自分の考えに内心自嘲して、ただ言葉を濁すだけだった。みんなを守るマンは民衆からなにを求められているのか、段々分からなくなっている。元より、求められた通りの立ち回りができた手応《てごた》えなんて一度もなかった。

「えー、それでは我々にどのような方法をもって友好関係を証明してくださるのでしょうか」

「らかァ、しないって！　おれ、そんなこと言った？」

叫ぶような形になったが、なんだか呂律《ろれつ》が回らなかった。何か変だ。こんなにも沢山の目玉に囲まれて神経のどこかがイカれてしまったのだろうか。ストレスからフワつく喉を懸命に押さえ込んでいた。

「我々も不安なのです。できる限りのことはやらせていただくつもりですから、何卒《なにとぞ》御協力願いたい」

「だ……だから、ほっといてよ、ほ、ほっとくって分かんない？　散々俺のこと、ほ……ほったらかしにしてきたクセに？　なんなんだよ、こえぇよ、こえぇよお前ら、ヒトの話聞いてよ……ちょっと……聞こえてんのか？」

彼の鼻声を理解する者はいなかった。必死に伸びるガンマイクやカメラレンズが意思を持った生き物みたいで、至の目には恐ろしい獄卒のように映った。これだけの人間がいて、なぜ話が通じないのか。恐ろしい加害者たちがみんな被害者として言葉を紡ぐから、アホくさくて仕方がなかった。一言話す度後悔が押し寄せて、憐れな英雄の尊厳をチクチク啄《ついば》んだ。どうせ人間にできることなんてみんなを守るマンを不快にさせることくらいなのだから、電柱のように黙りこくって犬の小便でも浴びながら隅《すみ》っこにいるのがお似合いなのだ。お喋りな電柱たちはちっともじっとしないで、みんなを守るマンを無礼な言葉で覆い続ける。

「では、一度一般の方やメディアの方々には退散してもらい、どこかカメラやマイクのない場所で話し合う機会をいただくというのはどうでしょうか」

「誰とも話す気なんてないんだよ、ただ、ただ疑わないで欲しいだけで、もう、も、そこまで丁寧に言うんならさ、分かってくれてるってことじゃないのかよ、なにが気に入らねえんだよ」

妙に暑い気もしたし、寒気も走った。紙袋の中でしきりに瞼《まぶた》が痙攣して、どうにかして閉じたがっている。こんな場所から、すぐにでも逃げ出したくなっていた。

「ちょっと待てよ！　みん守を初期からずっと応援してきたファンたちが退《ど》かされるなんて不公平だろうが！　むしろファンはみん守の強い味方なんだから、ファンにこそ対話の機会を与えるべきだ！」

「すみませんが我々報道陣に任せてもらった方がみんなのためになるかと思いますよ！　我々とコンタクトが取れるということは全ての人に報道され、平等に彼の情報が行き渡るということですよ」

「それでは彼の意思に反するじゃないか！」

「ファンなんて一般人なんだからお茶の間から見ていればいいんだよ、仕事なんだよ、こっちは」

みんながみんなまとめて寝言を叫ぶから、みんなを守るマンはたまったものじゃなかった。惨憺《さんたん》たる光景だ。もう逃げようか。あれだけ覚悟を決めて息巻いて出てきたのに情けないなんてものじゃ済まされないが、もうこれ以上ここにはいられない、そう思った。そう思ったのだけれど、次の瞬間彼は、ショッキングピンクの人工怪物の、突貫工事の人工肌に倒れ込んでいた。

どうにも体が言うことを聞かない。とくに、目が開かないのだ。虚脱感と倦怠感《けんたいかん》が気づけばそこにいて、それに意識をやったときにはもう耳も聞こえないのだ。みんなを守るマンが労《いたわ》しくも前傾姿勢で倒れ込んだままなんとか目を開けると、逆さまの視界から自分のいる地球外生命体レプリカの一部に穴が空いているのが見えた。そして、自分の下腿《かたい》にボトムスの上からダーツのような針が刺さっているのだ。チップに当たる部分がやけに長く太い。お気に入りのドゥルカマラのバギーにカッコ悪い穴が空いていて、至は少し泣きたくなった。どうして気が付かなかったのだろうか。実際には目なんて開いていなくて夢や幻覚を見ているのかもしれないが、つまり至が立っていたこのハプニングスのジャケットみたいな色をしたハリボテはトロイの木馬で、もっと言うなら眼下でメガホンを構える意思の疎通不可の生き物たちこそがとんだ囮《おとり》だったのだ。ナントカカントカ大臣なんて嘘っぱちで、殺されてもなんら影響のない捨てごまが時間を稼いでいたのだ。至だって少年漫画が好きだったから、麻酔銃がこの世で最も強い武器だなんてことは嫌というほど知っていた。問題は彼のスーパー細胞がどのくらいの時間で地球人さまの作りなすったぼんくら麻酔に勝てるのかということだ。至は未だ混乱の中にいた。失望と、慚愧《ざんき》だけが堆く積み上がって行く手を阻む。穴から出てきた人間たちが自分の体に触るのが分かった。と言っても感覚とはものすごく距離があって、実際に感触として知覚しているのではなく、現場を俯瞰で見下ろしているようで、スーパーパワー的超感覚で状況を飲み込んでいると言った方が近い。こんなのは間違っている。英雄はみんなの前で伸びたりしないし、捕らえられたり、争いの種になったり、お商売や政治に利用されたりしないのだ。こんなのはおかしい、こんなのはおかしい、至は頭の中で叫び続けた。どこで間違ってしまったのだろうか。自分はなにがいけなかったのだろうか。いつ、どのタイミングで道を踏み外したのだろうか。考えても仕方のないことばかり考えて、探しても見つかるはずのない答えばかり血眼で探した。もういい加減、自分のせいだとは思えなくなっていたからだ。みんなを守るマンは、みんなを守るマンが苦しむ全ての理由が自分のせいであって欲しかった。そうでなければなにもかもが報われないからだ。本当はみんなが嫌いだった。本当にみんなが嫌いだったのだ。みんなの浅ましさが嫌いだった。愚かさが嫌いだった。品のなさが嫌いだった。常識のなさが嫌いだった。我の強さが嫌いだった。傲慢《ごうまん》さが嫌いだった。意地汚さが嫌いだった。浅はかさが嫌いだった。見る目のなさが嫌いだった。身の程を知らなさが嫌いだった。不人情さが嫌いだった。恩着せがましさが嫌いだった。醜さが嫌いだった。かわいさが嫌いだった。どれだけ愛しても、ひとつも伝わらないのが嫌いだった。ただただ嫌いさが嫌いだった。途方もなく嫌いなのに、そんな相手から愛されたいと願う自分自身のプライドのなさが何より嫌いだったのだ。彼はもうずっと長い間、なにもかもが嫌いで嫌いで仕方がなかった。吐き気がした。反吐が出た。ひたすらお経を唱えるように無心で嫌いと言いたかった。本当に、嫌いな全てに嫌いと告げられずにいる時間が苦しくておかしくなりそうだった。心の底ではいつも、しつこいくらい、くどいくらいに嫌い嫌いと絶叫していたのだ。みんなを守るマンは本当に、本当に、神に誓ってみんなが嫌いだった。

こんなにも情熱的に嫌えるのは、信じられないくらいの愛があるからだ。到底人間には想像もつかないような超次元的愛だ。人の子を一人救う度、不遜な達成感や満足感で満たされた。なぜこんな力を持たされているのだろうと疑問に思う度、使命や運命という洒落《しゃれ》た言葉で片付けながら、痛みや恐ろしさに酔いしれた。誰かを守れる喜びが、そのまま守った相手への愛着や執着になっていくから、どうしようもなく一方的に愛情が深まっていってしまったのだ。健康な人間はしわくちゃでへちゃむくれの赤ん坊の泣き声をシカトできないように、至は美しくも聡《さと》くもない地球の子らを無視できなかった。愛されたいのは、愛に飢えているだとかそんなしょうもない誰でも思いつきそうな背景からではない。飢えている者が与えられる愛なんてたかが知れているのだ。上原至はスーパーパワーさえなければ手の届く範囲の愛情で十分生きていけた愛に優秀な人間だった。それが一度スーパーパワーに呪われて、英雄行為に囚《とら》われて、みんなからの声援や感謝を受け取ってしまったばっかりに、いつの間にか、正常な人間には決して叩き出せない単位の愛情を抱える怪物になってしまった。毎度気軽に死ぬような思いをして命懸けの愛を与えることが可能になってしまった彼が、命を懸けただけの愛を受け取ることは叶《かな》わなかった。みんな可哀想なくらい愚かで無力でダサくて芋くてシャバいのだ。極楽のようなキスをしてやったって犬には舐《な》める以上のテクニックはなかった。彼はずっと無理な要求をしているのだ。人間に、みんなを守るマンと同じだけの愛情は作れっこないのだ。怪物はそれが分からないから、馬鹿で弱っちいみんなのことを嫌いになってしまった。愛をする才能が平等ではないなんて、愛の天才には理解できなかったのだ。

その時、冷たいなにかが背中に触った。一つ目が触れたのを合図に、その感覚は体全体に行き渡る。次第に視界が開けてきて、分厚い幕が上がったように雑音も近まり始める。拍手喝采《はくしゅかっさい》のような雨が降り出していることが分かった。紙袋はまだ被ったまま、両手を腹から反対方向へ回して自身を抱きしめるよう拘束されていた。レクター博士よろしくご大層な歓迎を受けている。上等だ。彼は悪夢の中から地獄に舞い戻ったのだ。

すぐ傍にいた対策本部の若い男があっと声を上げると、自由の身になったみんなを守るマンが鷹揚《おうよう》に立ち上がっていた。うどんみたいに千切れた拘束具が鉄砲雨《てっぽうあめ》に蜂の巣にされずぶ濡れで転がる。人生みたいな雷雨が快哉《かいさい》を叫んでいた。キュートだ。

今度の麻酔針は、彼にかすることさえ叶わなかった。スーパースピードを目の当たりにした役員たちはカートゥーンみたいに穴の中へ逃げ込んで、周囲に集まるカメラ小僧どもは雨の中更に盛り上がって見せた。至はゆっくり、極めてちんたら体の感覚を確かめた。スーパー細胞は優秀だ。ほんの数分で麻酔をみんなそっくり代謝しきって、充分元通り、何事もなかったかのように彼を立ち上がらせたのだ。この恐ろしい暴力の機能が、今ではなにより誇らしく心強かった。至には、夜郎自大《やろうじだい》の能無しどもには何度生まれ変わったって手に入らないスーパー暴力があるのだ。涙を流す意味なんてなかった。ほんの少し軽くなった心に、この似非《えせ》ゴジラを木っ端微塵《こっぱみじん》にして帰れたらどんなに素敵なことだろうかなんていけない誘惑を持ちかけられたが、至がそんなことをする必要などなかった。次の瞬間、至の立っていた地球外生命体レプリカはスクラップになったのだ。

13

反射的に空中へ飛び退いたみんなを守るマンを除いて、レプリカの中にいた全員が三次元的でなくなった。恐らく今頃コンクリートの染《し》みと化している。レプリカが設置されていた位置には今、なんの前触れもなく現れた腕付きトルソーみたいな物体が陣取っているからだ。至は基本、地球外生命体が市民を脅かし始めてから現場に駆けつけるため、地球外生命体がこの星に現れる瞬間というのを目の当たりにするのは初めてのことだった。トルソーの本体は美しくふくよかな大理石風の肌をしており、顔がない代わりに首の切り口の部分だけコーヒーを倣《なら》って黒く、幾何学模様が螺鈿《らでん》のように煌々《こうこう》と虹色を投げている。肩から伸びる腕はよく見ると細い腕同士を繋ぎ合わせて一つを形成しており、その一本一本が足並み揃えずチカチカとやかましい色なので派手なコーンロウみたいに見えた。至は極めてのんきに、神さまはいると思った。いなければこんな最低最悪のタイミングで新たな敵がお目見えするはずがないからだ。こんな光景を、もう何度見たか分からない。５Ｇみたいにヌルヌル逃げ惑う人間が、一様に自分の名前を叫ぶのだ。ママとかパパとかじゃなく、たった一人の英雄の名前を。親は子どもの数いたが、英雄は本当にこの世で至一人しかいないのだ。責任重大、逃げることも負けることも許されない全く理不尽な役回りだ。至はこれを、ずっと受け入れてきたのだ。きっとそれ以外に選択肢がなかったわけではない。スーパーワープでどこへでも逃げて、スーパーパワーだけ頂戴《ちょうだい》して隠れ暮らせば苦しむこともなかったかもしれない。生まれ育った街や国がめちゃくちゃにされても、何千何万何億人が死んでも、逆を言えばそれだけで済んだかもしれないのだ。じゃあどうしてそれを選んでこなかったのかと訊かれれば、至は道理にかなった答えを持たなかった。赤ん坊が泣いていたら不快なのだ。赤ん坊が笑っていれば安心なのだ。至の母が至に乳を与えたのとなんら変わらないクソったれの動物的本能として片付けられてしまうような自己満足だった。

トルソーは鵺《ぬえ》的な動作でその手を伸ばした。標的はレプリカの真正面に構えていたコート姿の囮部隊であり、退散するのにも許可がいる木偶《でく》の坊《ぼう》たちが大勢その場でまごついていたのだ。ざまあご覧あそばせ、上原至は確かにそう思ったのだ。カメラ小僧もTVクルーもそう思った。お茶の間だってインターネットだってそう思ったし、地の文だって勿論そう思った。だけど、胸がすくような血の雨なんて降らなかったし、清々するような断末魔《だんまつま》なんて聞こえなかった。指ハブみたいな腕は次の瞬きを送る間に、消し炭となったからだ。降ったのは真っ黒い腕の残骸《ざんがい》と、美しいレーザーの反射光だけであった。みんなを守るマンはもう、誰一人殺すわけにはいかないのだ。

腰の抜けた囮部隊たちを背に哮《たけ》り立《た》つ英雄が一人、上等、上等、上等、武者震いを引っ提げて吠《ほ》え続ける。篠突《しのつ》く雨がアイスピックみたいに彼の感覚をとんがらせて躍った。彼は四つ這いで大理石の腹を駆け上がりながら破壊し、誰かになにかを言わせない内に股間《こかん》から首までを繋ぐ一列の傷を作った。砕けた白い肌の奥には、やはり虹色を閉じ込めるコーヒーモドキが詰まっていた。みんなを守るマンはトルソーの頂点、首の断面に登りきるとみんなに背を向けたまま音もなく足場を蹴《け》って、アタリをつけた正中線をレーザーでなぞるように、真っ逆さまに墜下《ついか》していった。大理石はケーキみたいにその光を通し、なんの抵抗もなく裂けていく。みんなを守るマンは地面から数センチという距離で水泳選手みたいに体を回転させ再び上昇し、真っ二つに崩れ落ちるトルソーをしっかりと見届けながら、自分が帝王切開で生まれたことを思い出していた。たった数十秒の出来事だった。英雄はかすり傷ひとつ負っていない。皮肉にも、彼の人生で一番の仕事ぶりであった。

フーリガンみたいな鬼雨は雨足を弱めることなくその場を荒らし続け、ラミネート加工の紙袋であっても破れ落ちるまで時間はかからなそうだった。至は動かなくなったトルソーを、それ以上壊そうとは思わなかった。いつもみたいに神経過敏に粉砕するのはなんだか美しくないからだ。だけど、それがもう動かないことは本能で分かった。新しいスーパーパワーなのかもしれない。今ここには空中で棒立ちの英雄と、呆気なく事切れた本物の地球外生命体、それよりさらに容易くおっ死んだマヌケたちのスタンプ、マヌケがせっせこ作らせたレプリカのスクラップ、なんてことない凄惨な事件の生き証人となったその他大勢の死に損ないがいた。その死に損ないたちの誰かが言うのだ。みんなを守るマンは、彼の言っていた通りみんなの味方だったと。疎らな拍手は段々雨音にも負けないほど大きくなって、天ぷらでも揚げてるみたいな賞賛のオーケストラが何分間も続いた。グロテスクな光景だった。現金な世界だ。現金な世界で至は、ちっとも自分の利にならないことばかりやっている。自分の利を求めることが善なのだとしたら至ほどの悪人はいなかった。なのに、彼は今、詐欺みたいな、洗脳みたいな、恐喝みたいな、ペテンみたいな、いかさまみたいな、催眠みたいな、病気みたいな、愛みたいな、到底本物とは思えないギタギタの幸福を抱きしめていた。こんなのは全部、英雄願望と母性をごちゃ混ぜにしてしまったせいで生まれた悲劇だ。後悔ばっかりだ。至にはみんなを守るマンの考えなんてほとんど分からなかった。近いうちに助けなければよかったと幻滅する日が来ることなんて分かっているのに、それでも必ず、必ず手を差し伸べずにはいられなかった。助けても助けられなくても後悔が待っているのなら、一時の独善的な幸福を味わう道を選んだ。救いようのない無様な生き物であったが、そうして自己嫌悪の中に僅かな誇りを見つけて生きているのだ。あんな裏切りの直後にこれじゃ、つけるお薬もなかった。至はみんなを守るマンのことを飽きるほど見損ない続けたが、同時にずっとみんなを守るマンという概念を信仰していたのだ。ちっとも報われなくても、そうする他ないからだ。地球星に住むみんなと同じだった。宗教も哲学も本当に必要なのか怪しいやくざな芸術であったが、元よりこの世界には必要のないものしかなかった。必要があっては、芸術たり得ない。本当は至には、オートリーのリールウィンドとイタリア訛《なま》りの英語で話す留学生のボイン以外に必要なものなんてないのだ。それでも不要な人生の不要な信仰心を篝火《かがりび》としなければ生きていられない彼は、今だってみんなを守るマンの地獄みたいな宿星をもって、英雄とはヴィラン以上にお道化なんだと悟った。

ギャラリーを見下ろすと、お馴染《なじ》みの顔がいくつもあった。女子高生はいないが、いつか花鋏を届けてくれた彼もいるのだ。至は自分を応援し続ける者と、そうでなくなる者の違いは肌で分かるようになっていた。心からの声援を持たない人間は、一挙手一投足に臭いエゴが満ちる。私を助けてくれてありがとうございますと言われる度に、お前のような生き物には生まれてきて欲しくなかったぜと思っていたのだ。彼は今この瞬間も繰り返し続ける。お前らには生まれてきて欲しくなかった、生まれてきて欲しくなかったよと、紙袋の中は祈りで満たされた。英雄は上空で紙袋を脱ぎ捨てた。人々が驚きに目を見開いたその時、一・二一ジゴワットの雷が落っこちて、彼を夜空色で覆い隠した。白い稲妻を背負う彼の癖毛が、宗教画みたいに悲しみを受けて逆立っていた。みんなを守るマンが言ったことは全て本当だったのだ。みんなを守るマンは誰の手も借りずみんなを守りたいと願って動いたし、紙袋の下には基板や牙なんて入っていなかった。最低な演《だ》し物《もの》はこれで全部だ。英雄は万雷を合図に消えた。

14

「至くん、おかえりなさい」

出ていった時のまま、辿は椅子に座ってテレビを観ていた。

「今日……すごかったね！　全部中継で観てたけど、あの、ほんとにかっこよかったよ！　ホンモノの地球外生命体が出てきたとき、どうなるんだろって思ったよ、絶対みんなも思ったと思う。あのね、覚醒《かくせい》してたね！　ネットでもみんな言ってるよ、だって」

「レプリカの中にいたやつらは全員死んだぜ」

手動で作られたみたいな笑顔で至は言った。

「でも、そんなの、あんなの、自業自得だよ？　至くん、大丈夫だよ、もうそんなこと気にしなくても。みんな思ってるよ……悪かった人たちが可哀想だって話なんか、誰もしてないよ」

「自業自得か、いいな、自業自得で死ねてさァ」

床には水溜まりができていた。髪の先からポタポタ、ポタポタ、点滴みたいに一定の間隔で滴り落ちる。

「紙袋、脱いじゃったんだね。カメラから遠かったたし、全然逆光で見えなかったから大丈夫だと思うけど。あ、そんなこと分かって脱いだの？」

紙袋を脱いだ理由なんて至にはよく分からない。あんなクズみたいな人間に言われたことを素直に聞いてやったのかもしれないし、本当になんにも考えていなかったような気もする。

「わかんねえ。けど、至クンカッコいいから、辿は見せてえだろ」

「あはは。うんうん、そうだよ！　だからいつもネットでみん守のこと褒めてる人たちのこと見に行ってるんだよ」

辿の前だからか、至の心は比較的落ち着いていた。最低なことが重なると、最低なことが重なってくれて、一度にみんな考えられなくなってよかったと、かえって気が楽になることがある。真性の悲観論者は幸福こそ恐れた。そして彼は今夜、自分の言葉で地球人に伝えようとしたって無駄で、いつだって行動で見せなければ理解されないことを学んだのだ。アン・サリヴァンを諾《うべな》って民衆には己を理解するための器官が生まれつき欠落しているのだと考えるべきだ。それに本日のみんなを守るマンは、今までにないくらい華麗な怪物退治をやってのけた。このことも、沢山の裏切りを霞《かす》ませるほど彼の心を支える一ページだったと言える。結局は、有象無象に言われたことばかり気にしていた。誰にも文句を言わせない働きぶりを見せられることは、この上ない安心に繋がるのだ。どうせ穴のない仕事をしたって穴の幻覚を見て難癖をつけるノータリンは後を絶たないのだから、自分自身が満足のいく仕事をこなせてさえいれば難癖なんて聞こえない。たとえノータリンが九割間違っていても、一割自分に非があるとその難癖は効果を見せる。だから自分を満足させることでしか他者を排斥することは叶わないのだ。たった一つの裏技めいた正攻法だった。

至がシャワーを浴びてくると言うと、お湯が張ってあるから浸《つ》かりなよと辿も付いてきた。浴室のドアを隔《へだ》てて、エコーを乗せて喋った。

「みんながなんて言ってるか、俺は知りたくねえけどさ、本当はちょっと知りたいから、辿が教えてくれるの助かってんだ」

「本当？　あのねあのね、えっとねー、大体はみんなすっごい褒めてるんだよ？　今日はあの対策本部的な人たちとかに対するバッシングがあるけど。あれでみんなを守るマンを怒らせたり悲しませたりしてたらどうするんだって、もう守ってくれなくなったらどう責任を取るんだって、そんな感じ」

脱衣場の辿は、端末をスクロールし続けながらそう語る。

「守ってあげなかったらどうなんだろってのは、俺以外も考えるよな」

それは素敵な妄想だ。だけど至以外の全ての人間にとってはとんでもない心配事らしい。これからも素敵な屈託の日々は続くだろうか。安心安全な浴槽で、八十億の不安を想うと心が癒《いや》された。

「今日みたいに上手くできるといいなァ、いつでも……」

「できるよ！　至くんは凄いんだから。あの白いのを真っ二つにしたの、カメラにもちゃんと映ってたよ。そのシーンはもう何万回も再生されてるし、映画の製作委員会も喜んでたし、今日ファンになったたって人も沢山いるんだよ」

「あれな。あれさー、聞いて欲しんだけど、俺はほんとにほぼ無意識なんだけど、あん時にはちゃんと頭が働いてるみたいで、そのことしか集中できなくなるからかな、どうすればいいかなって分かんの。で、あれは、他のやつみたいにパカッと開いて針が出てきたり、爆発したり、形変えたりしたら嫌だったたから、中身を見ようと思ったの」

「そっか、それでお腹とかをちょっと砕いてたんだ」

「うん、あれは印みたいなイメージなのと、中身の確認」

「なるほど。中も首のとこと同じ黒い感じだったから真っ二つにしても大丈夫そうだって判断したんだね」

「そうそう、えっ、よく分かんな。その通り…………よく分かんな」

汕はいつも驚くほど察しの良いお子さまだ。他の地球人とは違って至の言葉を一撃で理解するし、言葉も選べる。タイミングもばっちりだし、気も回せる。愛想も良くて、学習能力が高い。人生が器用で、至とは似ても似つかない。

「首のとこが黒いの、なんで知ってんの？」

さて。似ても似つかないのだ。この兄弟は。

「えっ？　中継だよ、中継で見てたから」

下からのカメラでは、トルソーの首の断面は映せない。膝蓋骨《しつがいこつ》がくっきり浮き出た足を抱え、至は急激に体が冷たくなっていくのを感じた。仲良し上原家に父がいないのは、父の心が弱かったからだと聞いたことがある。本当は上原家は、二人目を迎えるつもりなどなかった。それなのに一人目にすっかり分別がついた数年後、至の母は弟を身籠《みごも》った。父にも、そして母にも心当たりのない不穏な懐胎に二人は随分心を病んだ。責任感を持って立ち上がることができたのはマリアさまだけで、調べるのも怖がった父はこの家を去った。ルーツを知ろうともせず辿なんて矛盾した名前をつけられ、愛情たっぷりに育てられてきたのが上原辿だ。スーパーパワーが使えるようになったのは、辿が生まれてから数年後のことだ。丁度今の辿と同じくらいの歳に、空を飛べることを知る。地球外生命体が現れ始めたのは更に数年後。スーパーパワーをなんとなく隠したまま生きていた彼は、地球外生命体が現れたことによって初めてその力を使うべき場所に導かれることとなるのだ。

弟が生まれた時のことを、至はなぜだかあまり思い出せない。家庭の空気が傾いて、ぎこちなくて苦しかったからだろうか。と言うより、もっと大きくなってからのことも全然思い出せない箇所がある。もしかすると彼の愛するママにだって、思い出せないことがあるのだろうか。途端に吐き気が彼を襲った。辿はいつでも、至を慕《した》って母親を敬《うやま》っていたはずだ。模範的な弟であり息子であり、きっと社会の中でも同じように人々のお手本となって生活している。嫌な汗が擽《くすぐ》るように至の体を這いずり回っていた。不自然な沈黙が浴室を覆い、中折ドアの樹脂パネルには弟のシルエットがぼんやり映っている。これが丁度磨《す》りガラスのように見えるものだから、まるで重要参考人にインタビューしているような光景だった。

「俺変なこと言ったかな」

重要参考人が暫《しば》しの沈黙を破ってそう言った。カマトトがお上手だ。至は更に黙り続けた。何を話せばいいのか分からないからだ。馬鹿な妄想だ。馬鹿な妄想だが、馬鹿な妄想は馬鹿な現実よりずっとドライな真実味を帯びている。ふやけた指の皺《しわ》が、そんなまさかを呼び寄せ続けるのだ。恐ろしくてドアの方など見られなかった。もう永遠にここから出られないような気さえした。

「至くん？　どうしたの？　大丈夫？」

沢山の記憶がコマ送りで走馬灯のように駆け抜けていく。沢山の疑問が逆行して大挙する。至は背中が波打つほど荒い呼吸をしていた。あまりの動悸《どうき》に、このまま死んでしまうのではないかと錯覚するほどだった。もしも、至の脳裏に浮かぶ馬鹿な考えが事実だったとしたら、至の人生とは一体なんなのだろうか。脳みそは大停電の混乱を見せた。真《ま》っ暗闇《くらやみ》の中、至は数分かけて言葉の出口を探した。結局は、自分のようなちゃちな存在には未来永劫理解し得ない何かがあるのだろうか。あって欲しいような気さえしていた。そうして至は、パペットみたいに口を開いた。

「なんで俺？」

「なんでって」

「待って！　ちがう、俺にも、俺にも分かる？　俺にも分かること？　それは……俺にも分かんないなら、俺は聞きたくないよ、もう、マジで。俺にも分かるなら、教えて欲しいけどさ、怖いよ。怖いよ今めっちゃ、ねえ……」

弟だと思っている影は、少しも動かずに答えを寄越した。

「至くんにも分かるよ」

小学六年生の声というのは、想像上の神さまの声にそっくりだ。

「ありがとうね、いつも」

ありがとうなんてのは随分脅迫めいた、加虐者のセリフだ。

「いつもありがとう。至くん。あのね、至くんは本当に本当に凄いんだからね。特別なんだから、自信を持ってね、至くんのママみたいに、自信を持ってね」

浴室からは押し殺され損ねた嗚咽《おえつ》と、時おり咳払《せきばら》いを挟みながら洟《はな》をすする音だけが響いた。理由は誰にも分からない。神託を受ける者の相場と言ったところだ。真実は必ず嘘より厳しいものなのだ。

「至くん、至くんが分かるように言うからね。心を痛めたり、怒ったりすることはないよ」

弟のようななにかは、微笑《ほほえ》んでいる。影しか見えなくても至にはそれが分かった。

至は地球人の尺度の善悪に、その外からの善悪は関係ないということを思い出していた。弁神論が正ならば、なにも知らない至が不条理を嘆くこともない。

「罰か？」

「まさか」

「じゃあ、なに？　俺にはわかんないよ、ぜんぜん……なんで俺なのか、わかんないよ」

「分かるよ」

中折ドアが音を立てて開いた。十二年間見てきた弟が立っている。

「至くんにしか耐えられないからだよ」

それは誰より、至が知っていることだった。何度だって言ってきた、至にとっての矜恃のような言葉だ。どんな答えが待っていようと納得なんてしたくないと考えていた至には、手に負えないセリフだ。処理しきれずエラーを吐いてプッツリ思考が止まってしまいそうだった。そんな馬鹿なことがあるはずない。そんな馬鹿なことがあっては、至はどうやったってこの力を手放せない。

「ウソだ」

「ううん、ごめんね。嘘じゃないよ。嘘じゃないから、これからも芸術をするんだよ、至くんは」

「嫌だ」

「ううん、嫌じゃないよ。至くんは本当は幸せなはずだよ。今日だって凄く幸せそうだったよ。幸せなんだよ、勝手な道徳や倫理観が邪魔して、幸せに頭がついていけてないだけで、幸せなんだよ、他の誰よりも」

「嫌だよ」

縋るような自分の声を聴くのは、初めてではないような気がした。辿は浴室に踏み入って、優しくみんなを守るマンの頭を撫でた。温かい手が、白くなった顔をなぞって瞼を下ろす。そうしてみんなを守るマンは、恐ろしい世界から逃げるように束の間《つかのま》の無を貪《むさぼ》った。次にこの地獄で目を覚ます時には、正常な兄弟に戻るために。

15

「中学校って、何が流行ってんの？」

丸つけ中の、場繋ぎの話題だ。今日から新しく女子中学生の家庭教師を始めた至は、生理的に苦手なタイプの生徒を前に無難《ぶなん》な質問を投げかけた。

「みんなを守るマンです！」

「へえ、幼稚だね」

「私、みん守に助けられたことあるんですよ！　凄くないですか？　あ、先生はみん守を生で見たことありますか？」

「あー、ないよ」

「ですよね！　なかなかないですよね？　私、直接見たんです！　前は信じてない人とかもいましたけど、私は昔からずーっと信じてきたんです。前事件あったじゃないですか、政府の人？が死んだやつ。あの時の動画がバズってから急にファン増えましたけど、私は何年も前から好きなんですよ」

確かに彼女の部屋にはみんなを守るマンの写真が気味悪いほど貼ってあった。気味の悪さを求めてこのディスプレイなのだろう。腕のいいカメラ小僧どもに撮られ引き伸ばされた英雄が、冗談みたいに並んでいる。

「助けられたから好きになったの？」

「はい！　それ以外あります？　逆に、助けられてもないのに好きとか言ってる人って顔ファンかなって思います」

「顔、出てないじゃん」

「雰囲気です。それに顔もカッコイイって言われてるんですよ、色んな有名な動画の人が言ってます。あと助けてもらう時に透けて見えたとか、近所のコンビニに来るとか」

「そんなわけないのにね」

蛍光オレンジのマーカーがサラサラとバツをつけていく。心地よい音がしていた。壁にはみんなを守るマンの写真に紛れて、映画のポスターも貼ってあった。主演俳優は正当に端正な顔を引っ付けて、金太郎飴《きんたろうあめ》的な顔を作っている。バッシングも多かったが、その分話題となって映画は大成功を収めた。絶望的な邦画のランキングを、さらに絶望させる結果を残したのだ。

「映画も観たんだ」

「観ましたよー！　先生観ました？　ネタバレいいですか？」

「うん、俺も観たよ、弟が観たがって、観に行った」

彼女は趣味の話を始めてから、目を輝かせてばかりだ。至は愉《たの》しそうでなんだか妬《や》けていた。

「超、泣きました。泣きました？　みん守、かっこよすぎて、限界で……終わっても泣き止まなくて、友達に泣いてるとこ撮られたんですよ、見てくださいこれ、周り見ても泣いてる人なんて全然いなくて恥ずかしかったです。私って感受性豊かすぎるんです。普段はＥＮＴＰだからそんなことないんですけど、みん守の前ではＩＮＦＰの自分が出てくるって言うか」

映画のラストシーンでは、現実にはいないヒロインと、現実にはいない優良市民が天秤《てんびん》にかけられて、その両方が自分ではない方を救えと叫ぶのだ。現実にはいない英雄はご都合主義で二人とも救って、現実にはない愛を受け取った。そこまではある意味どうでもよかったし、星を二つくらいならやってもいいほどヒロインの女優はかわいかったのだが、至はオチが気に入らなかった。

「あれラスト、もう地球は平和になったっつって次の星に行くんだよね」

「そうですね、あそこ切なかったです。最後にみん守がもう一度言うのがアツいですよね。私はみんなを守るマンですって！」

答案は、みんなバツで埋め尽くされていた。こんな子が家庭教師を雇う価値なんてあるのかしら。先生はお勉強を教える気がすっかり失《う》せていた。家庭教師という仕事が好きなのは、中学受験や高校受験程度の勉強なら自分にも教えることが可能だからだ。地球人を一人残さず守るなんてことよりも、よっぽど気が楽で多くの人間にこなせる仕事だ。至は赤点のプリントを渡しながら、関係代名詞なんかよりずっと彼女が知りたがっていることを教えてやることにした。

「みんなを守るマンはね、ほんとはみんなを嫌いマンって言うんだよ」

頭の中で嘶《いなな》くスーパーレーダーを宥《なだ》めるために、彼は立ち上がってみんなのもとへと消えていった。

装画　三ヶ嶋犬太朗
装幀　杉田優美（G×complex）

献鹿狸太朗

1999年生まれ。

16歳の時、「月刊少年マガジンR」にて三ヶ嶋犬太朗名義の『夜のヒーロー』で漫画家デビュー。高校卒業後すぐに「ヤングマガジンサード」で『踊るリスポーン』連載開始。

第59回文藝賞で「青辛く笑えよ」が最終候補となる。小説デビューとなる『赤泥棒』は発売即重版となった。

慶應義塾大学大学院在学中に書いた2作目『地ごく』も話題となっている。

みんなを嫌《きら》いマン

2024年10月15日　第一刷発行

著　者　献鹿狸太朗《けんしかまみたろう》

発行者　篠木和久

発行所　株式会社講談社
〒112-8001 東京都文京区音羽2-12-21
電話　出版　03-5395-3506
販売　03-5395-5817
業務　03-5395-3615

本文データ制作　講談社デジタル製作

印刷所　株式会社KPSプロダクツ

製本所　株式会社若林製本工場

KODANSHA

定価はカバーに表示してあります。
落丁本・乱丁本は購入書店名を明記のうえ、小社業務宛にお送りください。
送料小社負担にてお取り替えいたします。
なお、この本についてのお問い合わせは、文芸第三出版部宛にお願いします。

ISBN 978-4-06-537175-6　N.D.C.913 143p 20cm